OETINGER TASCHENBUCH

W0214303

Rüdiger Bertram, 1967 in Ratingen geboren, arbeitete lange als Medienjournalist und Drehbuchautor. Vor zehn Jahren begann er, Kinder- und Jugendbücher zu schreiben, viele davon gemeinsam mit dem Illustrator und Comiczeichner Heribert Schulmeyer. Nach »COOLMAN und ich« sind »Die Jungs vom S.W.A.P.« die zweite Comicreihe der beiden Freunde, die in der selben Straße in Köln wohnen.

Heribert Schulmeyer, 1954 geboren, fand schon als Kind Freude am Zeichnen von Comics, das er bis heute mit Ausdauer betreibt. Er studierte freie Graphik und Illustration an der Kölner Werkschule, machte sich einen Namen mit Comics für Erwachsene und illustriert sehr erfolgreich Kinderbücher. Heribert Schulmeyer arbeitet u. a. auch für die beliebte »Sendung mit der Maus« des WDR.

Rüdiger Bertram und **Heribert Schulmeyer** haben den gleichen Humor und sind ein gutes Team. Kein Wunder, dass dabei so geniale Figuren wie »COOLMAN« und so heldenhafte wie »Die Jungs vom S.W.A.P.« entstanden sind!

Rüdiger Bertram

DIE JUNGS VOM SWAP

OPERATION DEEP WATER

Ein Comicroman mit Bildern
von Heribert Schulmeyer

Oetinger Taschenbuch

Außerdem bei Oetinger Taschenbuch erschienen:

Pizza Krawalla. Eine unheimliche Bestellung
COOLMAN und ich
COOLMAN und ich. Rette sich, wer kann
COOLMAN und ich. Ganz großes Kino
COOLMAN und ich. Ein Job für alle Fälle
COOLMAN und ich. Bonjour Baguette
COOLMAN und ich. Voll auf die Zwölf
COOLMAN und ich. Auf die harte Tour

MIX
Papier aus verantwortungsvollen Quellen
FSC® C014496

1. Auflage 2017
Oetinger Taschenbuch in der Verlag Friedrich Oetinger GmbH,
Poppenbütteler Chaussee 53, 22397 Hamburg
November 2017

Einband und Comics von Heribert Schulmeyer
Druck: GGP Media GmbH,
Karl-Marx-Straße 24, 07381 Pößneck, Deutschland
ISBN 978-3-8415-0488-3

www.oetinger-taschenbuch.de

KAPITEL EINS DER UNFALL

Die Luft flirrte über der Motorhaube des Leichenwagens, der noch leer am Straßenrand parkte. Es war ein heißer Sommertag, vielleicht der heißeste des Jahres, und wer nicht gerade auf dem Weg zur nächsten Eisdiele war, blieb lieber zu Hause und hockte sich nackt vor den geöffneten Kühlschrank.

»Der kommt ja wie gerufen!«, sagte Tim und zeigte auf die schwarze Limousine.

»Wofür?«, fragte Bob misstrauisch. Er war es gewohnt, dass sein Freund merkwürdige Einfälle hatte.

»Hunger?«, fragte Tim zurück.

»Schon, aber was hat das mit dem Wagen zu tun?«

»Fass mal an!«

Bob zögerte einen Moment, dann legte er seine Hand auf die schwarze Motorhaube.

Aus seiner Umhängetasche zauberte Tim eine Dose Ravioli hervor, die er vorsichtig auf das heiße Blech stellte.

»In fünf Minuten können wir essen.«

»Bist du sicher, dass das klappt?« Bob wedelte seine Finger durch die Luft, um sie ein wenig zu kühlen.

»Immer hast du was zu motzen!«

»Ich motze gar nicht. Aber ich erinnere mich noch gut an die Cola …«

»Das war doch nicht meine Schuld, dass die während der Englischarbeit hochgegangen ist. Du hast die doch geschüttelt!«

»Aber nur weil du gesagt hast: ›Shake it‹ …«

»Selbst schuld, wenn du immer tust, was ich sage.« Tim deutete auf Bobs verbrannte Finger. »Tut's noch sehr weh?«

»Geht so«, erwiderte Bob, und mit einem Blick auf die Dose fügte er hinzu: »Glaub bloß nicht, dass ich das Zeug da esse. Das würde nicht mal unser Hund fressen!«

»Ihr habt gar keinen Hund! Nur so einen hässlichen Plastikwackeldackel auf der Fensterbank.«

»Ich sag doch, der würd das nicht fressen.«

»Sehr witzig!«

»Außerdem ist es viel zu heiß für so ein Dosenfutter«, bemerkte Bob skeptisch.

»Falsch: Bei dem Wetter sind heiße Ravioli genau das Richtige. Hitze bekämpft man mit Hitze, alte Beduinenweisheit. Du kannst mich Scheich Hadschi Ben Tim nennen.«

»Ich glaub dir kein Wort. Außerdem sind diese Ravioli einfach nur eklig.«

»Die hier nicht. Die lässt sich mein Vater direkt aus Italien kommen.«

»Das sagt gar nichts. Die essen da auch Schnecken.«

»Das sind die Franzosen.«

»Echt?«

»Echt! Wusstest du übrigens, dass so eine Dose fünf Prozent deines Tagesbedarfs an allen wichtigen Nährstoffen und Vitaminen deckt?«, fragte Tim.

»Na super! Da braucht man ja nur zehn Dosen zu essen, um rundum versorgt zu sein. Guten Appetit!«, antwortete Bob.

Vor einer halben Stunde waren zwei Männer aus dem Leichenwagen gestiegen und hatten mit einem hellbraunen Holzsarg das Haus betreten. Bis zu ihrer Rückkehr würde es noch einige Zeit dauern, weil der Aufzug des Wohnblocks schon seit Tagen wegen eines Defekts zwischen dem dritten und dem vierten Stock feststeckte.

Bob und Tim waren den fluchenden Sargträgern im sechsten Stock begegnet. Und da hatten die beiden Männer noch nicht mal den Aufstieg geschafft. Bob wohnte im zwölften, und die alte Frau Schmitz, die vor ihrem Fernseher für immer eingeschlafen war, hatte im dreizehnten gelebt.

Tim war nach der Schule mit zu seinem Freund gegangen. Seine Eltern besaßen außerhalb der Stadt ein eigenes Haus, in dem der Lift immer funktionierte. Das Haus war mehr eine Villa und der Aufzug ein Treppenlift, den sich Tims Großvater hatte einbauen lassen – inklusive Turboantrieb, Sicherheitsgurten und Massagesitz. Geld spielte bei Tims Familie keine Rolle, sie hatte mehr als genug davon. Bei Bob war es genau umgekehrt, sonst hätte er nicht in dem verwahrlosten Hochhaus gewohnt, vor dem sie jetzt auf der leeren Straße darauf warteten, dass ihre Ravioli fertig wurden.

Während die zwei Freunde plauderten, hatte die Dose auf der Motorhaube angefangen zu vibrieren. Erst nur ganz wenig, kaum wahrnehmbar, dann immer stärker – bis sie sich wild zu drehen begann und dabei auf ihrem Blechboden tanzte.

Kurz darauf passierten zwei Dinge gleichzeitig, die Bobs und Tims Leben nachhaltig veränderten.

Ein weißer Sportwagen mit abgedunkelten Seitenscheiben fuhr in hohem Tempo an dem Leichenwagen vorbei.

Und die Dose explodierte.

Wie bei einem Vulkanausbruch schleuderte der Druck die Ravioli mit der roten Soße hoch in die Luft und verteilte sie flächendeckend nicht nur über Bob und Tim, sondern auch über die Windschutzscheibe des Sportwagens.

Der Fahrer reagierte sofort und schaltete instinktiv die Scheibenwischer an. Doch das machte alles nur noch schlimmer. Die Wischer verschmierten die Tomatensoße über die komplette Frontscheibe. Der Mann hinter dem Steuer hatte keine Chance. Ungebremst raste sein Wagen geradeaus, wo er eigentlich elegant um eine Kurve hätte fahren sollen, hüpfte über die Bordsteinkante, schoss über den Bürgersteig – auf dem sich dank der Hitze zum Glück gerade niemand befand – und krachte gegen eine Werbetafel, die mit einem Bild von Daniel Craig Reklame für den allerneuesten »James Bond« machte.

Das aber war nur ein komischer Zufall.

»💣🌀⚡☠≋#🗡!«, murmelte Tim.

»💣🌀⚡☠≋#🗡!«, wiederholte Bob, weil ihm auf die Schnelle auch nichts Besseres einfiel und »💣🌀⚡☠≋#🗡« die Situation ziemlich genau auf den Punkt brachte.

Im nächsten Moment kippte die Werbetafel in Zeitlupe nach vorne und begrub den Sportwagen unter sich. Bob und Tim spürten den Aufprall unter ihren Sohlen, weil die Erde leicht zitterte. Die beiden sahen sich an, dann sprinteten sie los, quer über die Straße zu dem Wagen, von dem nur noch der Kofferraum zu sehen war.

Es dauerte eine Weile, bis sich die Jungs durch das Bond-Plakat bis zur Fahrertür vorgearbeitet hatten. Das war Bobs Job. Im Gegenzug zu Tim – den sie in der Schule nur *Big Brain* nannten – bestand sein Talent nicht im Denken, sondern im Handeln. Das hatte ihm den Spitznamen *Die Faust* eingebracht, und das war auch der Grund, warum die beiden Jungs sich so gut verstanden: *Big Brain* und *Die Faust* ergänzten sich einfach perfekt.

Als Bob die letzten Plakatfetzen über der Fahrertür zur Seite geschoben hatte, konnten die zwei endlich einen Blick durch die zersplitterte Scheibe ins Innere des Wagens werfen.

Der Brustkorb des Mannes hob und senkte sich regelmäßig, wenn auch nur leicht. Er trug einen schwarzen Anzug, und abgesehen davon, dass er bewusstlos war und ihm eine undefinierbare rote Flüssigkeit über die Wange lief, schien er den Unfall unbeschadet überstanden zu haben.

»Ich finde, der Typ sieht reichlich okay aus«, stellte Tim erleichtert fest.

»Findest du? Ich finde, er sieht ziemlich bewusstlos aus«, erwiderte Bob.

»Das ist nur der Schock. Das ist normal. Aber immerhin blutet er nicht. Das Rote da auf seiner Wange ist bestimmt bloß Tomatensoße.«

Bob strich mit seinem Zeigefinger über die Flüssigkeit. Dann steckte er seinen Finger in den Mund und zog seine Stirn nachdenklich in Falten.

»Gut erkannt, Herr Doktor. Das ist eindeutig Tomatensoße, und du hattest recht: Die schmeckt tatsächlich gar nicht so übel. Vielleicht sollten wir trotzdem lieber noch jemand holen, der sich damit auskennt.«

»Einen Koch?«

»Nein, einen Arzt.«

Tim nickte, griff nach seinem Smartphone und wählte die 112.

»Hallo?! Ich wollte einen Autounfall melden. Der Wagen ist einfach geradeaus gerast und hat eine Plakatwand umgenietet. Woher soll ich wissen, warum? Ich war nur ganz zufällig hier. Vielleicht ist der Mann eingeschlafen, oder er hatte einen Herzinfarkt, was weiß ich. Sie sind doch die Experten, und an Ihrer Stelle würde ich hier mal zügig antanzen, anstatt mit mir zu diskutieren. Klar warte ich. Was denken Sie denn?! Dass ich hier einfach so verschwinde?! Ich doch nicht! Aber beeilen Sie sich, ich habe nicht den ganzen Tag Zeit. Bis gleich dann.«

Tim beendete das Gespräch und sah Bob an, der ihm anerkennend zunickte.

 »Ich schlage vor, *wir verschwinden hier jetzt einfach so*. Wir haben getan, was wir tun konnten«, sagte Bob und warf noch einmal einen Blick in den Wagen. Der Mann sah wirklich aus, als würde er schlafen. Er atmete, Schmerzen schien er auch keine zu haben, und helfen konnten sie ihm sowieso nicht.

»Komisch, aber genau dasselbe wollte ich auch gerade vorschlagen«, erwiderte Tim.

Als die Jungs am Hauseingang vorbeirannten, liefen sie direkt in die beiden Bestatter, die schwitzend und keuchend mit dem Sarg der alten Frau Schmitz aus der Tür traten. Der Sarg und damit auch Frau Schmitz rutschte den Männern aus den Händen und landete polternd auf dem Bürgersteig, wobei die braune Lackschicht ein paar Kratzer abbekam.

»Hey, könnt ihr nicht aufpassen, ihr Dreckslöffel!«, riefen die Männer den Jungs hinterher. Dann betrachteten sie neugierig den zerbeulten Wagen, weil der neue Kundschaft für sie versprach. Eilig, das herauszufinden, hatten sie es nicht. Ihr Geschäft waren die Toten und nicht die Überlebenden, und wenn der Fahrer des Sportwagens bei seinem Plakatwandcrash tatsächlich gestorben war, würde er ihnen nicht davonlaufen. Die beiden Bestatter hatten alle Zeit der Welt.

»Ich habe immer noch Hunger«, sagte Tim, als sie außer Sichtweite waren.

»Kannst du auch mal an etwas anderes denken?«, fragte Bob und wischte sich eine Nudel von seinem Shirt.

»Kann ich. Zum Beispiel an Kasachstan!«, antwortete Tim.

»Kasachstan? Wie kommst du denn jetzt auf Kasachstan?«

»Mein Handy ist in Kasachstan registriert. Da können uns die Typen aus der Notrufzentrale nicht zurückverfolgen. Clever, oder?«

Theatralisch ließ sich Bob auf die Knie sinken und deutete eine tiefe Verbeugung an.

»Ich verneige mich neidlos vor deiner Intelligenz, *Big Brain*.«

»Danke, *Faust*, aber du darfst wieder aufstehen.«

»Ebenfalls danke«, sagte Bob und erhob sich wieder. »Und jetzt fahren wir zu dir. Da können wir uns neue Sachen anziehen, und vielleicht hat eure Köchin noch was im Kühlschrank stehen.«

Jetzt war es Tim, der sich auf den Boden kniete.

»Für jemanden wie dich ist das eine großartige Idee!«

»Meinetwegen kannst du dort unten hocken bleiben«, erwiderte Bob. »Ich gehe schon mal vor. Von deinem ganzen Ravioli-Gerede habe ich einen Mordskohldampf bekommen.«

Als sie das Ende der Straße erreicht hatten, kam ihnen ein Krankenwagen mit Sirenengeheul entgegen.

»Auf die Brüder ist echt Verlass«, schrie Tim, um das Tatütata zu übertönen. »Jetzt wird dem Mann geholfen.«

»Bei denen ist er in guten Händen«, brüllte Bob zurück. »Oder meinst du, wir hätten doch warten sollen?«

»Unsinn, das Ganze war nur eine Verkettung unglücklicher Umstände. Uns trifft da überhaupt keine Schuld«, erwiderte Tim.

»Sehe ich genauso. Wir sind völlig unschuldig an seinem Unfall.«

»Aber so was von unschuldig.«

»Unser Gewissen ist weiß wie Schnee.«

»Was für eine Art von Schnee meinst du? So ganz frischen oder so dreckig graugelben, der schon eine Woche auf der Straße gelegen hat?«, erkundigte sich Tim.

»Hab ich dir schon mal gesagt, dass du einem manchmal echt auf die Nerven gehen kannst?«

KAPITEL ZWEI
DIE ENTFÜHRUNG

Als Bob am nächsten Morgen aus der Haustür seines Wohnblocks auf die Straße trat, fiel sein erster Blick auf die Werbetafel, die der Sportwagen gestern umgenietet hatte. Sie stand wieder genau dort, wo sie vor dem Unfall gestanden hatte. So als wäre nichts geschehen, abgesehen davon, dass sie nun nicht mehr für den neuen James-Bond-Film, sondern für eine günstige Autoversicherung warb.

Ein schwaches Vibrieren in seiner Hosentasche verriet ihm den Eingang einer SMS. Bob kramte sein Handy hervor und schaute auf das Display. Die Nachricht kam von Tim.

»In der Zeitung steht nix von dem Unfall. War wohl nicht so schlimm ☺.«

Bob ging hinüber zu der Tafel und suchte nach Spuren des Unfalls. Es gab aber keine. Keine Reifenspuren, keine Glassplitter, keine Ravioli. Die Straßenreinigung hatte ganze Arbeit geleistet, und das war in dem Viertel, in dem er lebte, eher ungewöhnlich.

»Merkwürdig, höchst merkwürdig«, murmelte Bob nachdenklich. Dann machte er sich auf den Weg zur Schule.

Tim wartete bereits an der Straßenecke, an der sie sich täglich vor der Schule trafen. Tim ließ sich dort jeden Morgen von dem Chauffeur seines Vaters absetzen, weil es ihm zu peinlich war, direkt vor das Schultor gefahren zu werden.

Das stimmte. Bob kannte sich mit Maschinen aus, weil er schon als Vierjähriger angefangen hatte, sein Spielzeug auseinanderzunehmen und – falls möglich – wieder zusammenzubauen.

Bob zog das Poloshirt aus, das Tim ihm gestern geliehen hatte, und streifte seinen Kapuzenpulli über den Kopf.

»Schon besser«, sagte Bob und atmete erleichtert durch.

»Ansichtssache«, bemerkte Tim und zog seine rechte Augenbraue hoch. »Hast du meine Nachricht bekommen?«

»Hab ich, und stell dir vor: Die Tafel steht auch schon wieder.«

»Und? Ist das so außergewöhnlich?«

»Da, wo du wohnst, vielleicht nicht, du Schnösel. Aber da, wo ich wohne, ist das allerdings außergewöhnlich. Die Ampel an der Ecke zeigt seit drei Wochen Rot, und keiner kümmert sich darum. Diese neue Tafel ist außergewöhnlich, das kannst du mir glauben.«

Die beiden Jungs liefen auf dem Bürgersteig Richtung Schule. Dort hatten sich *Big Brain* und *Die Faust* in der fünften Klasse kennengelernt. Tim, der eigentlich Timothy hieß, war wegen seiner teuren

Kleidung und seiner guten Noten als eingebildeter Streber verschrien. Bob trug keine coolen Klamotten und ließ bei blöden Sprüchen gern mal seine Faust sprechen. Keiner der beiden besaß viele Freunde, und deswegen hatten sie beschlossen, sich zusammenzutun. Doch Tims Rechnung, dass ihre beiden Extreme im Durchschnitt wieder als normal gelten müssten, ging nicht auf. Bob und Tim blieben Außenseiter. Aber das störte sie nicht, weil sie schnell merkten, dass sie die anderen überhaupt nicht brauchten. Schon bald war Tim ohne Bob undenkbar, und das galt umgekehrt genauso.

In Frau Doktor Seelenbrechers Mathestunden war das für Bob überlebensnotwendig. Hätte er in den Klassenarbeiten nicht bei Tim abschreiben können, wären seine Noten noch schlechter gewesen.

Jetzt saßen die zwei in der letzten Reihe und durchsuchten unter ihrem Pult heimlich die aktuellen News-Seiten auf Tims Smartphone. Nirgendwo stand auch nur ein einziges Wort über den Unfall. Dabei wurde sogar über die Mitgliederversammlung des Kleintierzuchtvereins »Hasenglück« seitenlang berichtet. Und es war ja nicht so, dass in ihrer Stadt täglich ein teurer Sportwagen zu Schrott gefahren wurde. So ein Unfall war definitiv eine Meldung wert, da waren sich die Jungs sicher.

»Merkwürdig«, murmelte Tim und rieb sich dabei sein rechtes Ohrläppchen. Das tat er immer, wenn er nachdachte.

»Wahrscheinlich ist der Typ von der Sirene des Krankenwagens aufgewacht, ausgestiegen und hat sich ein Taxi nach Hause genommen«, flüsterte Bob hinter seinem Mathebuch, damit Doktor Seelenbrecher nicht bemerkte, dass er in ihrem heiligen Unterricht mit Tim quatschte.

»Und was ist mit dem Wagen? Das Ganze ist irgendwie komisch.«

»Das bist du auch, und stehst du in der Zeitung? Nein«, erwiderte Bob.

»Wenn es danach ginge ...«, sagte Tim, dessen Ohr vor lauter Nachdenken bereits glühte, »... müsste dein Name jeden Morgen auf der Titelseite auftauchen.«

Dass niemand seiner Mitschüler lachte, lag zum einen an Bobs Spitznamen *Die Faust*, den er nicht umsonst trug. Zum anderen ging genau in diesem Augenblick die Tür auf, und ihr Schuldirektor betrat die Klasse.

»Entschuldigen Sie, Frau Kollegin, ich will gar nicht lange stören. Ich bräuchte nur kurz ...«

Er sah sich im Zimmer um, bis er gefunden hatte, wonach er suchte. »Bob und Timothy, kommt ihr bitte mal mit nach draußen? Dauert auch nicht lange.«

DAS war so ziemlich die größte Fehleinschätzung seit 1492, als Kolumbus geglaubt hatte, er wäre in Indien gelandet.

Die beiden Jungs sahen sich an. Tim zuckte die Achseln, Bob tat es ihm nach, dann standen sie auf und gingen zwischen den Bänken nach vorne zur Tür.

Auf dem Flur warteten zwei Männer, die aussahen, als wären sie eineiige Zwillinge. Sie trugen die gleichen schwarzen Anzüge, die gleichen weißen Hemden und die gleichen schwarzen Krawatten. Dunkle Sonnenbrillen verdeckten ihre Augen, und in ihren Ohren steckten winzige Kopfhörer, von denen sich dünne Kabel hinunter zu ihren Hemdkrägen ringelten, wo sie dann verschwanden. Die Männer sahen exakt so aus wie die Bodyguards, die in den Hollywoodfilmen immer den amerikanischen Präsidenten beschützen oder es zumindest versuchten.

»Die beiden Herren sind von ...« Der Direktor sah die Männer fragend an.

»Von den Städtischen Gaswerken«, half ihm einer der Zwillinge weiter.

»Richtig, die beiden Herren sind von den Städtischen Gaswerken und möchten sich gern mal mit euch unterhalten«, fuhr der Direktor fort.

»Städtische Gaswerke?«, wiederholte Tim misstrauisch.

»Unterhalten? Worüber denn?«, fragte Bob.

»Das werden die Herren euch bestimmt gleich selber sagen, nicht wahr?«

Der Direktor lächelte die Männer freundlich an, doch die lächelten nicht zurück. Das hatten sie schon die ganze Zeit nicht getan und schien auch nicht zu ihrem Job zu gehören.

»Aber um zwölf müssen die beiden wieder zurück sein! Da haben sie Deutschunterricht bei mir«, rief ihnen der Direktor hinterher, während die Zwillinge die Jungs zum Ausgang schoben.

»Feuer!«, schrie Tim, als sie schon fast an der Tür waren. Er hatte mal gelesen, dass die Menschen auf Hilferufe nur selten reagieren, aber sofort angelaufen kommen, wenn jemand »Es brennt« oder »Feuer« brüllt.

Der Druck auf seinen Arm erhöhte sich genau so weit, dass Tim einsah: Wenn er weiter »Feuer« rufen würde, riskierte er einen sauberen Bruch seines Oberarmknochens.

Die beiden Männer führten Bob und Tim über den Hof zu einer langen, schwarzen Limousine mit getönten Scheiben, die mitten auf dem Bürgersteig parkte. Ein paar Mütter mussten mit ihren Kinderwagen auf die Straße ausweichen und schimpften über die rücksichtslosen Autofahrer. Aber das beeindruckte die Zwillinge überhaupt nicht. Sie schubsten Bob und Tim auf die Rückbank ihres Wagens und stiegen vorne ein.

»Anschnallen!«, raunzte der Mann hinter dem Steuer, dann trat er auch schon so kräftig auf das Gaspedal, dass die Jungs in die Rückenlehne gepresst wurden. Mit Höllentempo raste das Auto durch die Straßen.

»War schon immer mein Traum, in so einem Wagen zu fahren. Cooles Teil, muss ich schon sagen. Nur die Farbe ... Schwarz ist mittlerweile echt nicht mehr angesagt. Hat euch das da vorn schon mal jemand gesagt?« Bob zwinkerte seinem Freund zu.

»Gibt es hier hinten auch einen Kühlschrank? Der Wagen meiner Eltern hat nämlich einen«, bemerkte Tim.

Keine Reaktion.

»Vielleicht haben die beiden ihn nur noch nicht gefunden«, sagte Bob.

»Ist ja auch ziemlich groß, der Wagen«, ergänzte Tim.

»Stimmt, da kann man so einen Kühlschrank ja leicht mal übersehen.«

»Vor allem mit diesen dicken Sonnenbrillen.«

»Hoffen wir mal, dass die zwei wenigstens den Weg zu den Städtischen Gaswerken finden.«

Immer noch keine Reaktion.

Die Jungs gaben es auf und schauten durch die getönten Scheiben nach draußen. Tim überlegte kurz, einer Frau, die neben ihnen an einer roten Ampel hielt, geheime Zeichen zu geben. Aber von außen war es unmöglich, ins Innere des Wagens zu blicken. Bob beugte sich vor und versuchte, unauffällig die Tür zu öffnen. Doch die war verriegelt, und so ließ er sich wieder zurück in die weichen Lederpolster fallen.

Währenddessen hatte Tim sein Handy unauffällig aus der Hosentasche gezogen. Er wollte eine Notruf-SMS absetzen. Aber auch das funktionierte nicht, weil das Innere der Limousine ein einziges Funkloch war. Bestimmt kein Zufall, dachte Tim, der sein Handy daher einfach als Notizbuch benutzte und unauffällig eine Nachricht eintippte. Vorsichtig schob er es über den Sitz zu Bob rüber.

»Habt ihr eure Gasrechnung nicht bezahlt ☺?«

»LOL! Im Ernst, was wollen die von uns?«, tippte Bob und schob das Handy wieder zurück, damit Tim seine Antwort lesen konnte.

»Keine Ahnung«, schrieb Tim, was gar nicht so einfach war, weil sie bei dem rasanten Fahrstil in den Kurven trotz ihrer Gurte ständig von einer in die andere Ecke geworfen wurden.

»Meinst du, das hat mit dem Unfall zu tun?«

»Vielleicht.«

»Und was nun?«

»Schiffe versenken spielen.«

»???«, fragte Bob.

»ROFL. War ein Scherz.«

Entweder die Männer in den schwarzen Anzügen bemerkten nicht, was hinter ihnen vor sich ging, oder es interessierte sie nicht. Durch ihre Sonnenbrillen starrten sie während der rasanten Fahrt stur geradeaus auf die Straße, ohne sich auch nur einmal nach den Jungen auf dem Rücksitz umzudrehen.

Nach etwa einer halben Stunde bog der Fahrer rechts auf ein Fabrikgebäude ab. Ein Schild mit der Aufschrift *Städtische Gaswerke* war nirgendwo zu sehen, aber das hatten Bob und Tim auch nicht erwartet.

Hey, was soll das! Jetzt hört der Spaß aber auf.
Gas! Wir dürfen nicht einschlafen.

KAPITEL DREI
DAS VERHÖR

Tim wachte in einem fensterlosen Raum auf. Er saß vornübergesunken auf einem Stuhl, und sein Kopf ruhte auf der Tischplatte. Vorsichtig richtete er sich auf, um zu sehen, wo zum Teufel er gelandet war. In dem weiß gestrichenen Zimmer gab es noch einen zweiten Stuhl, eine Tür und einen großen Spiegel, der fast die gesamte Fläche der Wand rechts von ihm einnahm. An der Decke hingen eine Neonröhre und ein Lautsprecher, und auf dem Tisch stand ein Plastikbecher, gefüllt mit einer hellen, durchsichtigen Flüssigkeit. Daneben lag ein eingeschweißter Müsliriegel. Tim hatte Hunger und Durst, schrecklichen Durst sogar. Trotzdem rührte er weder den Riegel noch das Wasser an.

Bob?!

Wo war Bob?

Und wo war er selbst?

Ganz bestimmt nicht in den Städtischen Gaswerken, so viel stand fest trotz des Gases, mit dem man sie betäubt hatte.

Tim tastete nach seinem Handy, doch das war weg.

»💣🌀⚡☠≋#🗡«, knurrte er, als er bemerkte, dass auch sein Portemonnaie mit seinem Ausweis nicht mehr in seiner Hosentasche steckte.

Tim erhob sich und stellte sich vor die Spiegelwand. Was er dort sah, gefiel ihm überhaupt nicht. Er wirkte ziemlich mitgenommen von der unfreiwilligen Narkose, die man ihm verpasst hatte. Demonstrativ streckte er den Mittelfinger in die Höhe. Er war sich sicher, dass irgendwer ihn auf der anderen Seite des Spiegels beobachtete.

»Du bist nicht so leicht einzuschüchtern, was?!«, erklang eine Frauenstimme hinter ihm. »Aber das überrascht mich nicht. Wir wissen ja bereits, dass du ein Mensch mit außergewöhnlichen Fähigkeiten bist.«

»Deckname?« Tim sah sie überrascht an. »Meinen Sie meinen Spitznamen? In der Schule nennen sie mich *Big Brain*, weil ich ganz gut in Mathe bin.«

»*Big Brain*? Zauberhaft, aber das passt!« Die Frau grinste und zeigte auf das Glas Wasser vor ihm. »Hast du keinen Durst? Die meisten haben Durst, wenn sie hier aufwachen.«

»Woher weiß ich, dass Sie mich nicht vergiften wollen? So wie mit dem Zeug, das Sie in den Wagen geleitet haben?«

S.W.A.P. 0013 griff nach dem Becher und trank einen Schluck. Dann packte sie den Müsliriegel aus, brach ein Stück davon ab und steckte es sich in den Mund.

»Wer sagt mir, dass Sie sich nicht über Jahre gegen das Gift immunisiert haben und es Ihnen daher gar nichts anhaben kann?«

»Stimmt, das wäre tatsächlich möglich. Nur, wenn wir euch hätten töten wollen, hätte ich das längst veranlasst. Das mit dem Gas tut mir leid. Das war ein kleiner Insidergag wegen der Städtischen Gaswerke. Aber keine Sorge, das war bloß harmloses Lachgas in einer zugegeben etwas höheren Dosierung als üblich.«

»Sehr komisch, ich lache jetzt noch. Wo ist mein Freund?«

»Wir haben noch mehr solcher Räume wie diesen hier.«

»Bei den Städtischen Gaswerken?«

»Aber nein!« Die Frau lachte. »Wir haben eure Bewusstlosigkeit genutzt, um euch an einen sicheren Ort zu fliegen.«

»Einen sicheren Ort?«

»Ich kann dir versichern, dass ihr immer noch auf demselben Kontinent seid. Mehr darf ich nicht verraten, aber das verstehst du sicher. Als Profi! Genug geplaudert. Für wen arbeitet ihr?«

Die Frau griff in ihre Aktentasche und legte nacheinander Tims Handy, sein Portemonnaie und die zerfetzten Reste einer Dose Ravioli auf den Tisch.

»Kommt dir irgendetwas davon bekannt vor?«

Tim griff nach seinem Handy und seinem Portemonnaie, aber die Frau war schneller und zog sie aus seiner Reichweite.

»Und die hier?« Sie deutete auf die Dose.

»Habe ich noch nie gesehen«, antwortete Tim. »Außerdem mag ich gar keine Ravioli.«

S.W.A.P. 0013 warf einen Blick in ihre Unterlagen, dann sah sie wieder Tim an. »In deiner Akte steht etwas anderes. Diese Delikatess-Ravioli kommen aus Italien. Dein Vater lässt sie extra einfliegen, und sie sind dein Lieblingsgericht.«

»Kein Wort mehr ohne meinen Anwalt«, erwiderte Tim und versuchte ein abgeklärtes Lächeln.

Die Frau lächelte kalt zurück und hielt jetzt sein Handy in die Höhe.

»Das mit Kasachstan war clever.« Sie nahm Tims Portemonnaie und holte seinen Schülerausweis heraus. »Und dein Doppelleben als normaler Schüler unter dem Namen Timothy Fürstenberg – auch ganz zauberhaft.« Dann deutete sie erneut auf die Dose. »Aber die Idee mit den Ravioli war einfach genial. Was zahlen sie euch? Ganz gleich, wie viel es ist, wir zahlen das Doppelte!«

»Ich habe keine Ahnung, wovon Sie reden!«, erwiderte Tim und griff sich instinktiv an sein Ohrläppchen. Das Ganze wurde von Sekunde zu Sekunde seltsamer.

Die Frau schnipste kurz mit den Fingern, und wie aus dem Nichts erschienen auf der weißen Wand vor ihnen zwei Bilder.

Der Mann in dem Anzug und der Mann in dem Bett sind identisch. Es handelt sich dabei – aber das brauche ich dir sicher nicht zu erzählen – um Thomas Snyder, besser bekannt unter seinem Decknamen S.W.A.P. 0001.
Der Mann ist nicht irgendein Top-Agent, sondern der Beste seines Fachs. Deswegen wurde er in den Jahren 2011, 2012 und 2013 zum Spion des Jahres gewählt.
2014 wird er diese Wahl wegen eures Ravioli-Anschlags nicht gewinnen können. Respekt!

»Aber wir haben überhaupt nichts damit zu tun! Wir kennen diesen Snyder gar nicht.«

»Ich wusste, dass du das sagen würdest. Doch Leugnen ist zwecklos.« Die Frau sprach wieder in den Raum. »Schickt die zwei rein.«

Sofort öffnete sich die Tür, und die beiden Bestatter traten in das Zimmer. Sie hielten die Augen auf den Boden gerichtet und wirkten auch sonst ziemlich eingeschüchtert, fand Tim.

»Nun, ist das einer der Jungen, die Sie vor dem Hochhaus beobachtet haben? Schauen Sie ihn sich genau an!«

Die Männer sahen auf und betrachteten Tim lange.

»Der war dabei, da bin ich mir hundertprozentig sicher«, sagte schließlich der eine.

»Stimmt, der ist doch genau in uns reingelaufen«, sagte der andere.

»Danke. Sie können jetzt wieder gehen«, bemerkte S.W.A.P. 0013 zufrieden.

»Und wer bezahlt uns jetzt die Reparatur von dem Sarg? Wir können die alte Frau Schmitz doch nicht in dem zerkratzten Ding beerdigen«, erkundigte sich der eine.

»Und unseren Rückflug? Wer bezahlt unseren Rückflug?«, fragte der andere.

Das mit den Reparaturkosten konnte Tim verstehen, das mit dem Rückflug nicht. Wo, verdammt noch mal, war er gelandet?

»Keine Sorge, darum kümmern wir uns«, erwiderte S.W.A.P. 0013 ungeduldig und schickte die zwei Männer mit einer eindeutigen Bewegung ihres Kinns nach draußen.

»Rückflug? Wo, bitte schön, sind wir hier?«, fragte Tim, als die Bestatter den Raum verlassen hatten.

»Es war ein Fehler von euch, die beiden am Leben zu lassen«, erwiderte die Frau, ohne auf Tims Frage einzugehen.

Tim atmete einmal schwer durch, ehe er ihr antwortete: »Okay, ich gebe es zu. Das mit der Dose war meine Idee. Aber nur, weil ich Hunger hatte.«

Bob wachte in einem Zimmer auf, das genauso aussah wie das, in dem Tim wieder zu sich gekommen war. Aber das wusste er natürlich nicht. Er hatte teuflische Kopfschmerzen, und sein erster Gedanke galt seinem Freund. Bob trank einen Schluck aus dem Plastikbecher, der vor ihm stand, und steckte sich den Müsliriegel in die Hosentasche.

»●@⚡☠≡#†!«, fluchte auch er, als er bemerkte, dass sein Handy verschwunden war.

Er stand auf und ging zur Tür. Im Gegensatz zu seinem Freund war Bob praktisch veranlagt. Für Tim wäre es reine Zeitverschwendung gewesen, auszuprobieren, ob die Tür verschlossen war oder nicht. Klar war die zu, alles andere hätte keinen Sinn ergeben. Bob drückte einfach die Klinke runter und ... die Tür öffnete sich. Vorsichtig spähte er durch einen winzigen Spalt auf einen langen Flur. Rechts und links gingen weitere Türen ab, die von außen nur durch Zahlencodes an einem Eingabefeld zu öffnen waren.

Aus einem der dahinterliegenden Zimmer trat plötzlich ein dicker Mann auf den Gang. Er trug einen schwarzen Overall, und um seinen Hals hingen große Ohrschützer, so wie sie die Arbeiter auf einer Landebahn verwenden, um ihr Gehör vor dem Lärm der Flugzeuge zu schützen. Bob beobachtete, wie der Mann sich auf dem Flur langsam in die entgegengesetzte Richtung entfernte. Als er verschwunden war, huschte Bob schnell über den Gang und bekam die Tür gerade noch zu fassen, ehe sie ins Schloss fiel. In dem Raum war es stockfinster. Bob musste erst nach einem Lichtschalter tasten, um zu erkennen, wo er gelandet war.

»Wow!«, flüsterte er, als endlich eine flackernde Neonröhre ansprang. Vor ihm lag eine Schießbahn, an deren Ende in ungefähr hundert Meter Entfernung ein paar von Kugeln zerfetzte Zielscheiben standen. Sie hatten die Umrisse von Kinderbuchfiguren. Nach dem zu urteilen, was davon noch übrig war, handelte es sich um rosa Feenponys, den Räuber Hotzenplotz und den kleinen Maulwurf, der wissen wollte, wer ihm auf den Kopf gemacht hatte.

Sein beeindrucktes »Wow« galt gar nicht so sehr den Figuren vor ihm, sondern den Regalen, die sich rechts und links von ihm an der Wand befanden. Darin lagerten Schusswaffen in allen Formen und Größen.

Neugierig betrachtete Bob das Angebot. Er hatte keine Eile. Tims Vater würde sie über kurz oder lang schon hier rausholen, da war er sich ganz sicher. Schließlich besaß er gute Verbindungen so ziemlich überallhin. Dass man ihn selbst und Tim entführt hatte, um Lösegeld zu fordern, glaubte Bob eher nicht. Wozu hätten die Männer von den Städtischen Gaswerken ihn dann mitnehmen sollen? Seine Eltern besaßen kein Geld. Wahrscheinlicher war, dass das Ganze nur eine blöde Verwechslung war, die sich schon sehr bald aufklären würde. Und warum sollte er so lange nicht ein bisschen Spaß haben?

Bob griff nach einem der größeren Kaliber. Die Waffe hatte genau das richtige Gewicht. Sie war nicht so leicht, dass man ihre Wirkung unterschätzte, aber auch nicht so schwer, dass man sie nicht mehr hätte unter Kontrolle halten können.

Je größer die Kugel, desto höher die Trefferquote, dachte Bob, als er den enormen Durchmesser des Waffenlaufs betrachtete. Für einen Bastler wie ihn war es ein Kinderspiel, die Funktionsweise zu begreifen. Es gab einen Sicherungsknopf und einen Abzug. Bob legte die Waffe an und visierte eines der Ziele.

Ein Feenpony! Rosa hatte er noch nie leiden können.

Mit seinem rechten Zeigefinger betätigte Bob den Abzug der Waffe, bis er den Druckpunkt erreicht hatte. Sein linkes Auge hielt er dabei geschlossen, um besser zielen zu können. Als sein rechtes Auge, die Mündung der Waffe und das rosa Feenpony eine gerade Linie bildeten, drückte Bob ab.

Eine Millisekunde später erschütterte eine Explosion den Raum. Als sich der Rauch verzogen hatte, war von der Zielscheibe nichts mehr übrig. Dasselbe galt für die Mauer, die die Schießanlage nach hinten begrenzt hatte.

Überrascht stellte Bob fest, dass die Waffe wider Erwarten geladen gewesen war und über eine wirklich beeindruckende Durchschlagskraft verfügte.

KAPITEL VIER DIE ANWERBUNG

Die Explosion war im ganzen Gebäude zu spüren. Tims Stuhl und der Tisch vor ihm wackelten so stark, dass der Wasserbecher umfiel und sich sein Inhalt über die Tischplatte ergoss. S.W.A.P. 0013 sprang sofort auf und rannte zur Tür, um nachzusehen, was passiert war. Tim lief ihr hinterher, weil er ahnte, dass sein Freund etwas mit dem gewaltigen Knall zu tun haben könnte. Das hatte er meistens in solchen Fällen, und dass für den Ravioli-Vorfall diesmal ausgerechnet Tim verantwortlich gewesen war, war eher Zufall gewesen. Er hatte es sonst nicht so mit den praktischen Dingen des Lebens. Ihm lag die Theorie mehr, und zumindest theoretisch war er sich ziemlich sicher, dass dort, wo sich die Explosion ereignet hatte, auch Bob sein musste.

Als S.W.A.P. 0013 den Eingang des Schießstands erreichte, drang hellgrauer Rauch durch die Türritze. Schnell gab sie die Tastenkombination auf dem Display ein, und die Tür sprang auf.

»Hast du den Wumms gehört? Das war irre!«, begrüßte Bob seinen Freund und grinste. Seine Haare und Klamotten waren voller Staub, und in seinen Händen hielt er immer noch die Waffe, deren Lauf in Richtung Tür wies. Tim ging instinktiv hinter S.W.A.P. 0013, die Bob tadelnd musterte, in Deckung. Dabei war ihm völlig klar, dass ihm das bei dem Kaliber im Ernstfall wenig nützen würde.

Tim rieb sich kurz sein Ohrläppchen, dann rannte er schnell an S.W.A.P. 0013 vorbei und hinüber zu Bob. Auch weil er es definitiv klüger fand, hinter dem Granatwerfer zu stehen und nicht davor.

»Leg sofort das Ding weg!«, befahl die Frau, ohne sich weiter um das Loch in der rückwärtigen Mauer zu kümmern. Hinter den Trümmern lag eine Rasenfläche, und dahinter befand sich ein Zaun. Der war mindestens drei Meter hoch, schätzte Tim. An den Eisenmaschen hingen gelbe Schilder, die mit einem gelben Blitz vor Hochspannung warnten.

»Leg den Granatwerfer weg!«, wiederholte S.W.A.P. 0013 und ging ein paar Schritte auf Bob zu. »Es war sowieso nur ein einziger Schuss drin.«

»Wenn das so ist«, erwiderte Bob und zuckte die Schultern. Er ließ die Waffe fallen, hechtete hinüber zu dem Regal und schnappte sich wahllos eine andere. Sie war viel, viel kleiner als der Granatwerfer und hatte große Ähnlichkeit mit einem harmlosen Akkuschrauber für die Hosentasche. Trotzdem schien sie S.W.A.P. 0013 ganz offensichtlich erheblich mehr Respekt einzuflößen als die Waffe, mit der Bob das Riesenloch in die Wand geballert hatte.

»Ihr enttäuscht mich. Ihr solltet wissen, dass ihr hier nicht einfach durch die Tür rausmarschieren könnt«, rief sie, während sie sicherheitshalber hinter der Flurwand Deckung suchte.

»Wer hat hier denn was von einer Tür gesagt?«, erwiderte Tim.

Die Jungs sprinteten auf das Riesenloch in der Rückwand zu. In wenigen Sekunden hatten sie die Strecke zurückgelegt, im Slalom vorbei an den durchlöcherten Zielscheiben. Sie hatten den Mauerdurchbruch schon fast erreicht, und Tim begann in seinem Kopf bereits einen Plan auszuarbeiten, wie sie den Elektrozaun überwinden könnten, als sie plötzlich gegen eine unsichtbare Wand knallten.

Vom Schwung ihres Anlaufs zurückgeworfen, flogen die beiden zwei Meter durch die Luft, ehe sie unsanft zu Füßen von Räuber Hotzenplotz auf dem harten Boden des Schießstands landeten. Benommen blieben die zwei liegen.

»Also jetzt enttäuscht ihr mich wirklich«, erklärte S.W.A.P. 0013, die über ihnen stand und sie mit einer nachdenklichen Falte auf der Stirn betrachtete. »Wusstet ihr nicht, dass der ganze Komplex hier mit einer exterrealen Gravitationsmauer umgeben ist? Oder stellt ihr euch nur so dumm?«

S.W.A.P. 0013 hatte die Waffe aufgehoben, die Bob bei seinem Zusammenstoß mit der unsichtbaren Wand verloren hatte, und richtete sie auf den aufgemalten Hotzenplotz. »Und das hier ist auch kein Spielzeug!« Sie drückte den Abzug durch, und – **Ziiiiischhhhhh** – löste sich das Pappschild mit dem Abbild des Räubers vor Bobs und Tims Augen einfach in Luft auf. »Das ist ein Atomisator. Aber wem erzähl ich das?! Können wir jetzt bitte weiterplaudern? In unserem Besprechungsraum?!«

An dem Tisch stand jetzt ein dritter Stuhl, auf dem Bob Platz nahm. Tim setzte sich neben ihn. Dabei fiel ihm auf, dass irgendwer in ihrer Abwesenheit die Wasserlache auf der Tischplatte weggewischt hatte. Jetzt standen dort zwei gefüllte Becher. Wer immer es war, mit dem sie es hier zu tun hatten, er war anscheinend hervorragend organisiert.

»Gibt es hier auch so grelle Schreibtischlampen? Mit denen Sie Ihre Opfer blenden können? So wie in den Krimis?«, erkundigte sich Bob neugierig.

S.W.A.P. 0013 schnipste einmal kurz mit den Fingern, und zwei Tausend-Watt-Scheinwerfer gingen an, die den beiden Freunden genau ins Gesicht strahlten.

»Okay, okay! Ich glaub Ihnen ja, dass Sie da ganz tolle Lampen haben. Echt!«, rief Bob. »Sie können die jetzt ruhig wieder ausmachen.«

Ein erneutes Schnipsen von S.W.A.P. 0013 und die Strahler erloschen. Die Frau setzte sich und legte den Atomisator vor sich auf den Tisch, außer Reichweite der beiden Jungs.

»Und wie ist dein Deckname?«, wandte sie sich an Bob.

»Mein was?«, fragte Bob und schaute ratlos zu Tim.

»Sie meint deinen Spitznamen«, erklärte ihm sein Freund.

»Warum sagt Sie das dann nicht? Man nennt mich *Die Faust*.«

»*Big Brain* und *Die Faust*, zauberhaft! Das passt zu euch: Der Ravioli-Anschlag, das Handy aus Kasachstan, der Fluchtversuch mit dem Granatwerfer. Seltsam nur, dass man in der Szene noch nie was von euch gehört hat. Wahrscheinlich wart ihr immer im allergeheimsten Auftrag unterwegs.«

»Yep, so geheim, dass wir selbst nichts davon wissen«, kommentierte Tim.

»Wo sind wir hier überhaupt?«, erkundigte sich Bob und ließ dabei seine Fingerknochen knacken. S.W.A.P. 0013 warf ihm dafür einen gequälten Blick zu, sagte aber nichts. Bob nahm das zum Anlass, das Knacken gleich noch einmal zu wiederholen.

»Das hab ich sie auch schon gefragt«, bemerkte Tim. »Aber sie will nicht damit rausrücken. Vielleicht weiß sie es selbst nicht.«

»Warum wollt ihr das unbedingt wissen? Es ist doch völlig gleichgültig, ob ihr euch in Paris, Washington, London oder Moskau befindet.«

»Überhaupt nicht! Ich würde das nämlich gern wissen. Ich kriege langsam Hunger, und da ist es doch blöd, wenn ich nicht weiß, wohin ich den Pizzaboten bestellen soll«, erwiderte Tim.

»Ihr seid immer noch auf demselben Kontinent, da kann ich euch beruhigen«, verriet S.W.A.P. 0013.

»Das haben Sie schon mal gesagt. Geht es auch ein bisschen genauer?«, beharrte Tim.

»Reykjavik«, antwortete die Frau.

»Das ist die Hauptstadt von Island. Und das liegt nicht auf demselben Kontinent«, stellte Tim trocken fest.

Sie hält uns für zwei Top – nein – Top-Top-Agenten. Das ist so eine Art fixe Idee von ihr.
Hören Sie, wenn Sie uns laufen lassen, geben wir Ihnen die Adresse unserer Schulpsychologin. Die kann Ihnen helfen.
Danke, sehr großzügig.
Außerdem glaubt sie, dass wir als Top-Top-Agenten mithilfe einer Dose Ravioli ihren besten Mann ausgeschaltet haben. Einen gewissen Thomas Snyder.
HA HA H
Wir sind keine Top-Top-Agenten.
Als Top-Top-Agenten müsst ihr das sagen!
Okay, dann geben wir es zu und beweisen damit, dass wir es nicht sind.

»Na bitte! Endlich gebt ihr es zu!«, sagte S.W.A.P. 0013 zufrieden. »Und ich dachte schon, wir kommen heute gar nicht mehr voran. Also, mein Angebot steht: Egal, was man euch bezahlt hat, wir geben euch das Doppelte.«

»Aber das ist doch völliger Blödsinn! Außerdem würden unsere Eltern uns vermissen.« Tim rutschte unruhig auf seinem Stuhl herum. Ihm wurde das Ganze hier langsam, aber sicher zu blöd.

»Das glaube ich eher nicht«, erwiderte S.W.A.P. 0013 und blickte wieder in ihre Akten. »Wir haben Nachforschungen angestellt und herausgefunden, dass eure zauberhaften Eltern euch so schnell ganz sicher nicht vermissen werden.«

Die Jungs schauten sich an, denn sie beide wussten: Die Frau hatte recht. Weder Tims noch Bobs Eltern kümmerten sich großartig um ihren Nachwuchs. Tims Eltern waren viel zu sehr damit beschäftigt, noch mehr Geld zu scheffeln, und Bobs Eltern guckten lieber Fernsehen, als sich mit ihrem Sohn zu beschäftigen. Das Ergebnis war dasselbe: Niemanden scherte es, was sie trieben, und diese Gemeinsamkeit war ein weiterer Grund ihrer ungewöhnlichen Freundschaft.

»Trotzdem fällt es irgendwann auf, dass wir nicht da sind!«, beharrte Tim.

»Schickt ihre Doppelgänger rein«, sprach S.W.A.P. 0013 in den Raum. Wie schon bei den Bestattern ging kurz darauf die Tür auf und zwei Jungs stolperten in das Zimmer, die aussahen, als wären sie Bobs und Tims Klone. »Die beiden werden euch daheim vertreten, solange ihr für uns arbeitet. Wir müssen ihnen allerdings noch etwas Deutsch beibringen, die zwei sprechen nur Finnisch. Aber soweit ich informiert bin, wird in euren Familien sowieso nicht viel miteinander geredet.«

Bob, Tim und die Jungen betrachteten einander staunend. Es waren nur Kleinigkeiten, die sie unterschieden: eine leicht abweichende Frisur, die Farbe ihrer Shirts, eine minimal andere Körperhaltung. Der größte Unterschied war, dass die zwei im Gegensatz zu Bob und Tim ziemlich verängstigt aussahen.

»Aber die beiden haben doch auch Eltern, die sie vermissen werden!«, argumentierte Tim.

»Wir sind bereits auf der Suche nach Ersatz für die zwei«, antwortete S.W.A.P. 0013 und scheuchte Tims und Bobs Doppelgänger mit einer Handbewegung wieder nach draußen auf den Flur.

»Aber das geht doch immer so weiter ...« Tim sah den Finnen nach, die glücklich schienen, das Zimmer wieder verlassen zu dürfen.

»Das lass mal unsere Sorge sein. Also, was ist jetzt: Habt ihr euch entschieden? Arbeitet ihr für uns?«

»Und wenn wir ablehnen?«, fragte Tim.

»Das brauche ich euch doch nicht zu erklären. Ihr zwei seid schließlich Profis.«

»Was genau brauchen Sie uns nicht zu erklären?«, hakte Bob nach.

»Lass es mich so ausdrücken: Wir werden den Fehler, den ihr mit den beiden Bestattern gemacht habt, ganz sicher nicht wiederholen.« S.W.A.P. 0013 warf einen kurzen Blick auf den Atomisator.

»Was meint die damit?«

Statt Bob zu antworten, fuhr sich Tim mit dem Zeigefinger an der Kehle entlang.

Die beiden sahen sich eine Weile an. Schweigend.

»No risk, no fun!«, sagte Bob endlich.

»Yep«, ergänzte Tim und wandte sich an S.W.A.P. 0013. »Wir haben zwar keine Ahnung, worum es geht, aber wir sind dabei.«

Dann nickte er, und Bob tat es ihm nach.

KAPITEL FÜNF DER KRANKENBESUCH

Die Limousine, mit der Bob, Tim und S.W.A.P. 0013 ins Krankenhaus fuhren, war sogar noch etwas größer als die, die sie in der Schule abgeholt hatte. Der Wagen hatte zwei Rückbänke, sodass sich die beiden Jungs und ihre Begleitung wie in einem Zugabteil bequem gegenübersitzen konnten.

Als sie das Verhörzimmer verlassen hatten, waren sie über die Flure und dann eine Treppe hinuntergelaufen, die in eine Tiefgarage führte. Es gab auch einen Aufzug, doch vor dem hing ein Pappschild, auf das jemand in großen Buchstaben DEFEKT geschrieben hatte. Die Limousine hatte schon auf sie gewartet, und Bob und Tim waren mit S.W.A.P. 0013 hinten in den Wagen eingestiegen. Einen weiteren Fluchtversuch hatten sie nicht unternommen. Die Frau trug den Atomisator in ihrer rechten Hand, und die zwei Jungs erinnerten sich noch zu gut an die eindrucksvolle Demonstration seiner Wirkungsweise, bei der S.W.A.P. 0013 die Hotzenplotz-Zielscheibe pulverisiert hatte.

Durch ein Rolltor, das sich automatisch vor ihnen öffnete, verließen sie die Tiefgarage. An der Ausfahrt befand sich eine Ampel, die sofort auf Grün sprang, als die Limousine aus der Garage herausschoss und in die Straße einbog.

Die Luft draußen war offenbar wärmer, als Bob und Tim es in Island erwartet hätten. Auch wenn sie die Außentemperatur in der klimatisierten Limousine nicht spürten, sahen sie durch die verspiegelten Scheiben Menschen, die auf den Bürgersteigen in kurzen Hosen oder T-Shirts unterwegs waren. Das sprach nicht unbedingt für die isländische Hauptstadt, fand Tim. Einmal meinte er, auf dem Bürgersteig eine durchlöcherte Tafel gesehen zu haben, die aussah wie der Räuber aus der Schießanlage. Aber als er Bob darauf aufmerksam machen wollte, waren sie auch schon daran vorbeigefahren.

»Kairo? Bagdad? Tunis? Casablanca? Sucht euch was aus, es spielt keine Rolle. Ihr werdet sowieso keine Zeit haben, eine Postkarte zu schreiben«, erwiderte S.W.A.P. 0013. Sie steckte ihren Lippenstift weg und zündete sich eine Zigarette an.

»Könnten Sie die vielleicht ausmachen?«, bat Tim. »Passivrauchen ist ungesund.«

»Ach du meine Güte, als wenn das bei eurem Job eine Rolle spielen würde. Ich kenne keinen von euch Top-Agenten, der alt genug geworden wäre, um daran zu sterben. Ihr zwei seid wirklich zauberhaft!«

»Wir sind keine Top-Agenten«, widersprach Bob.

»Ich dachte, das hätten wir hinter uns. Dann seid ihr meinetwegen Top-Top-Agenten, wenn ihr drauf besteht.« S.W.A.P. 0013 nahm einen tiefen Zug und blies den beiden Jungs den Zigarettenrauch direkt ins Gesicht. Bob und Tim husteten.

»Wie schnell doch die Zeit vergeht, wenn man so zauberhaft miteinander plaudert. Wir sind da.« Die Frau zeigte auf ein Haus, auf dessen Dach ein riesiges rotes Kreuz prangte und das von außen tatsächlich wie ein Krankenhaus aussah, auch wenn es ein bisschen heruntergekommen wirkte. Der Putz blätterte von der Fassade, und in einigen der Fenster ersetzte Pappkarton die fehlenden Glasscheiben. Aber das passte zu den Gebäuden in der Nachbarschaft, die auch nicht viel besser aussahen. Tim tippte, dass sie irgendwo in Nordafrika oder Südosteuropa gelandet waren.

Der Wagen bog von der Straße ab, fuhr eine steile Rampe hinunter und verschwand in einer Einfahrt. Dahinter lag eine Tiefgarage, in der kein einziges Auto stand. Dafür gab es einige ölig schillernde Pfützen, und in den Ecken lagen aufgerissene Müllbeutel herum, die aussahen, als hätte die Klinik hier ihre Operationsabfälle entsorgt. Bob und Tim wechselten einen kurzen Blick. Sie waren beide froh, dieses Krankenhaus nur als Besucher betreten zu müssen.

Der Fahrer parkte wieder vor einem Lift. Als sich die Wagentür hinten links öffnete, glitt gleichzeitig die Aufzugstür auf. Bob und Tim brauchten nur drei Schritte zu machen, dann standen sie auch schon in der verspiegelten Kabine, die im Gegensatz zu dem Rest des Gebäudes einen äußerst gepflegten Eindruck machte.

Das Überraschendste für Bob und Tim aber war, dass es kein Tastenfeld gab, auf dem man eingeben konnte, in welches Stockwerk man fahren wollte.

»Meine Eltern haben auch einen Lift. Einen Treppenlift«, bemerkte Tim.

»Mit Turboantrieb und Massagesitz«, ergänzte Bob.

»Ach, wirklich? Da muss ich ja unbedingt mal vorbeischauen und den ausprobieren!«, erwiderte S.W.A.P. 0013, und so wie sie es sagte, war nicht klar, ob das ein Versprechen oder eine Drohung sein sollte. Tim tippte auf Letzteres und trat Bob unauffällig gegen das Schienbein.

»Aua!«

»Hast du dir wehgetan? Dann bist du hier genau richtig. Der S.W.A.P. hat eine ganze Etage für seine Verwundeten angemietet. Eine Art Lazarett. Ich war auch schon mal hier.« Die Frau tippte sich mit ihrem Zeigefinger an die Nase. »Ich habe sie mir von den Ärzten etwas nachbessern lassen, weil ich sie zu groß fand. Ist aber schon ein paar Jahre her. Und jetzt kommt endlich da raus! Wir nehmen die Treppe!«

Weil sich der Aufzug nicht in Bewegung setzte, folgten die Jungs S.W.A.P. 0013, die ihnen die Tür zum Treppenhaus offen hielt.

Acht oder neun Etagen später – irgendwann hatten Bob und Tim aufgehört zu zählen – gelangten sie durch eine weitere Tür auf einen langen Gang, der in einem hellen Grünton gestrichen war und an dessen Ende eine Überwachungskamera an der Decke hing. Unter der Kamera stand ein Rollstuhl, der mit einer durchsichtigen Plastikplane gegen Staub geschützt war. Rechts und links des Gangs gingen Türen ab, und vor einer saß ein dicker Mann auf einem Stuhl und wischte hektisch auf einem Tablet herum, das auf seinen Knien lag. Aus den hektischen Bewegungen, mit denen er immer wieder von links nach rechts über das Display strich, schloss Tim, dass er gerade *Fruit Ninja* spielte.

Der Mann war genauso gekleidet wie die Zwillinge, die Bob und Tim in der Schule abgeholt hatten, und trug auch die gleiche Sonnenbrille und den gleichen Knopf im Ohr. Im Gegensatz zu ihren Entführern aber war seine Erscheinung nicht ganz so tipptopp. Auf seinem weißen Hemd war ein hellbrauner Kaffeefleck, die schwarze Hose sah aus, als hätte er darin geschlafen, und in seinem Gesicht sprossen Bartstoppeln, die bestimmt schon drei Tage alt waren.

In dem Bett, das in der Mitte des Zimmers stand, lag eine schlecht gelaunte Mumie. Thomas Snyders Arme, Hände und Beine waren eingegipst, und auch die restlichen Teile seines Körpers waren bis auf sein Gesicht unter weißen Verbänden verborgen.

»Grandios! Ihr habt die miesen kleinen Ratten also schon gefunden«, brummte die Mumie und deutete mit dem Kinn auf einen Bildschirm, der neben dem Bett auf einem Nachttisch stand. Auf dem Monitor sah man die Bilder der Überwachungskamera auf dem Flur. Bob und Tim standen neben S.W.A.P. 0815 und kommentierten lebhaft das Geschehen auf dessen Tablet-Display.

»War gar nicht so schwer. Ich vermute, sie wollten gefunden werden. Wahrscheinlich war dein Unfall Teil ihres Plans, zu uns überzulaufen.«

Die Mumie lachte, doch ihr Lachen ging schnell in ein gequältes Stöhnen über.

»AHH! Mach keine Witze! Wenn ich lachen muss, tut mir alles weh.«

»Das war kein Witz, Thomas.«

»Das sind doch bloß zwei Kinder, die absolut nichts als Blödsinn im Kopf haben. Die hätte man einmal übers Knie legen müssen, statt sie hierherzubringen.« Während er sprach, beobachtete Snyder die beiden Jungs auf dem Bildschirm. Tim und die Wache hatten die Plätze getauscht. Jetzt saß Tim auf dem Stuhl und wischte auf dem Tablet herum, während der dicke Wachmann staunend dabei zuschaute, wie der Junge einen Highscore nach dem anderen knackte. Bob hatte das Interesse an dem Spiel verloren und die Plastikhülle von dem Rollstuhl entfernt. »Im Ernst, Angela, die beiden da sind nie und nimmer zwei Top-Agenten. Vorpubertierende Rotzlöffel sind das!«

»Ich habe nie behauptet, dass die zwei Top-Agenten sind. Es sind Top-Top-Agenten, schließlich haben sie dich zur Strecke gebracht. Schon vergessen?« Sie tätschelte Snyder die Schulter, was ihn vor Schmerz zusammenzucken ließ. »Ihre zauberhaften Decknamen lauten übrigens *Big Brain* und *Die Faust.*«

Draußen auf dem Flur hatte Bob begonnen, aus lauter Langeweile in dem Rollstuhl über den Flur zu rollen.

Snyder lachte, aber nur kurz. Dann stöhnte er wieder auf.

»Diese *Wir-sind-doch-nur-zwei-harmlose-Kinder*-Tarnung ermöglicht es ihnen, Dinge zu tun, die wir nie könnten. Weil man sie nicht ernst nimmt. Du hast sie auch nicht ernst genommen, als sie sich da am Straßenrand ihre Ravioli gekocht haben«, erklärte S.W.A.P. 0013.

»Das war doch nur ein ganz blöder Unfall!«, knurrte Snyder. »Das hätte absolut jedem passieren können, Angela!«

»Dann denk bitte einmal scharf nach über das, was ich dir jetzt sage: Wenn Thomas Snyder, Spion des Jahres 2011, 2012 und 2013, von zwei harmlosen Kindern ausgeschaltet wurde, kannst du deine Karriere vergessen. Dann bist du das Gespött der Branche und kannst in Zukunft – wenn du Glück hast – als Privatdetektiv untreuen Ehemännern auflauern.« S.W.A.P. 0013, die in

Wirklichkeit Angela Steel hieß und den S.W.A.P. seit zehn Jahren leitete, nahm vom Nachttisch eine Tasse mit Strohhalm und hielt sie Snyder zum Trinken hin. Mit herabgezogenen Mundwinkeln nahm der Top-Agent ein paar Züge und beobachtete dabei aus den Augenwinkeln, wie Bob in dem Rollstuhl aus Langeweile auf dem Flur herumraste.

»Wenn es aber – wovon ich hundertprozentig überzeugt bin – zwei ganz ausgebuffte, vielversprechende Nachwuchsagenten waren, die dir aufgelauert haben, um so einen Kontakt zum S.W.A.P. herzustellen, wird dir niemand einen Vorwurf machen. Meinst du nicht auch, Thomas?«

Die beiden blickten sich lange an, und Angela Steel konnte dabei zusehen, wie es im bandagierten Kopf ihres besten Mannes arbeitete.

»Außerdem sind sie nicht so harmlos, wie sie tun. Die zwei haben es faustdick hinter den Ohren«, fuhr die Chefin des S.W.A.P. fort und deutete auf den Bildschirm. »Der Junge in dem Rolli ...«

»Ist das *Big Brain* oder *Die Faust*?«, knurrte Snyder.

Angela Steel und Snyder schauten auf den Monitor.

»Was glaubst du?«, fragte Angela Steel.

»Dumme Frage, gebe ich zu. Erzähl weiter.«

»*Die Faust* hat mit einem Granatwerfer ein Loch in die Rückwand unseres Schießstands geballert.«

Snyder musste erneut lachen und verzog gleich danach wieder das Gesicht vor Schmerzen.

»Vielleicht hast du recht, Angela, und die beiden sind doch nicht so harmlos, wie sie aussehen. *Big Brain* und die *Die Faust*?! Das sind ja zwei grandiose Namen!«

»Aber die sagen ja wohl alles, oder?!«

»Und wenn du dich irrst, und es sind doch keine Top-Top-Agenten?«, wollte Snyder wissen.

»Dann erledigt sich das Problem von ganz allein. Du weißt doch selbst, in unserer Branche überleben nur die Besten. Und außerdem bist du ja auch noch da. Du kannst ihnen ein bisschen helfen, ein bisschen auf sie aufpassen«, sagte die S.W.A.P.-Chefin und schlug aufmunternd auf die Bettdecke.

»Aua!«

»Oh, tut mir leid! Ich hole die zwei jetzt besser mal rein, und dann erklären wir ihnen ihren Auftrag, ehe sie da draußen noch irgendwelchen Unsinn anstellen.«

»Welchen Auftrag?«, fragte Snyder verwundert.

»Hazweio. *Operation Deep Water*. Was denn sonst?!«

»Aber das ist mein Job!« Snyder versuchte vergeblich, sich aufzurichten.

»Jetzt nicht mehr. Derzeit bist du ja leider kaum in der Lage, etwas gegen Hazweio zu unternehmen. Und wer sollte es sonst machen, wenn nicht die, die dich in diese Lage gebracht haben?!«

Als Angela Steel aufstand, um zur Tür zu gehen, polterte es draußen auf dem Flur. Bob hatte die Kontrolle über sein immer schneller rotierendes Gefährt verloren und war in den Stuhl gekracht, auf dem Tim kurz davor gewesen war, eine neue Bestmarke im virtuellen Obstzerschnibbeln aufzustellen. Auf dem Bildschirm sahen Angela Steel und Snyder die beiden Jungs auf dem Boden liegen, das zersplitterte Tablet zwischen ihnen, während S.W.A.P. 0815 um sie herumsprang und sich aufregte, weil sein teures Spielzeug bei dem Unfall kaputtgegangen war.

»Absolute Top-Top-Agenten! Dass ich nicht lache«, schnaubte Snyder, als Angela Steel die Türklinke schon in der Hand hielt.

»Ich bin fest davon überzeugt. Und selbst wenn ich mich irren sollte, haben wir keine andere Wahl. Oder siehst du das anders?«, wollte Angela Steel wissen.

Es dauerte eine Weile, ehe Snyder den Kopf schüttelte, sei es, weil er lange überlegen musste oder weil es ihm so schwerfiel, überhaupt auch nur ein Körperteil zu bewegen.

Angela Steel lächelte ihn an und öffnete die Tür.

KAPITEL SECHS
DER ÜBERFALL

Bob und Tim fiel es schwer, in der Mumie auf dem Bett den Mann zu erkennen, der mit seinem Sportwagen wegen ihrer Raviolidose in die Plakatwand gerast war. Das lag vor allem an den vielen Verbänden und der fehlenden Tomatensoße in seinem Gesicht.

»Tut uns ehrlich leid«, sagte Bob und streckte seine Hand zur Versöhnung aus.

»Das wollten wir nicht. War echt keine Absicht«, ergänzte Tim, während er Bobs ausgestreckte Hand möglichst unauffällig runterdrückte, weil Snyder mit seinen eingegipsten Armen sowieso nicht hätte einschlagen können.

»Geht das schon wieder los«, stöhnte Angela Steel. »Ich dachte wirklich, das hätten wir hinter uns.«

»Ihr braucht uns kein Theater vorzuspielen. Wir wissen, wer ihr seid«, brummte Snyder. »Und ab heute arbeitet ihr für uns. Eure erste Aufgabe wird sein, den Job zu Ende zu bringen, den ich erledigen sollte. Oder habt ihr etwas Besseres zu tun?«

Bob und Tim sahen sich unschlüssig an.

»Schule. Wir müssen zur Schule. Sind ja schließlich keine Ferien«, antwortete Tim.

»Ich habe gefragt, ob ihr etwas Besseres zu tun habt. Schule ist nicht besser.« Snyder schnaubte. »Alles ist besser als Schule, oder?«

»Der Mann gefällt mir«, erwiderte Bob.

»Und die Teilnahme am Unterricht können ja auch unsere beiden finnischen Doppelgänger für uns erledigen, nicht wahr?« Tim sah zu Angela Steel hinüber, die ihm bestätigend zunickte. »Was liegt denn so Wichtiges an, dass Sie unbedingt uns dafür brauchen?«

Mit seiner Kinnspitze deutete Snyder Richtung Bildschirm. Angela Steel griff nach einer Fernbedienung, mit der sie das Programm des Monitors auf dem Nachttisch wechselte. Statt der Bilder von S.W.A.P. 0815, der immer noch damit beschäftigt war, im Gang die Trümmer seines Tablets zusammenzukehren, erschien auf dem Monitor jetzt das Foto eines leeren Schwimmbeckens.

»Bei der *Operation Deep Water* geht es um Wasser. Oder um es korrekter auszudrücken: Wasser, das nicht mehr da ist. Mit diesem Freibad hier hat vor zwei Wochen alles begonnen.«

»Da hat jemand den Stöpsel gezogen«, bemerkte Tim grinsend. »Das ist dem Poolreiniger bei meinen Eltern auch mal passiert.«

»Oder da hatte einer ziemlichen Durst«, sagte Bob.

»Aber mal im Ernst«, analysierte Tim. »Sie haben uns doch nicht irgendwo ans Ende der Welt verschleppt nur wegen eines leckenden Schwimmbeckens.«

»Absolut gut beobachtet.« Snyder wechselte einen schnellen Blick mit Angela Steel, ehe er fortfuhr. »Zeugen berichten von einer Art Blitz, danach habe sich das Wasser in einer spiralförmigen Bewegung in die Luft erhoben und sei verschwunden. Wir haben davon auch Aufnahmen aus einem anderen Schwimmbad.«

Angela Steel betätigte wieder die Fernbedienung, und auf dem Bildschirm lief nun ein Video, das zeigte, wie eine gewundene Wassersäule aus einem Nichtschwimmerbecken in die Höhe stieg und sich dann scheinbar in Luft auflöste. Es sah aus, als würde das Wasser irgendwo dort oben von einem Magneten angezogen.

»Leider doch. Man hat die Badegäste ein paar Kilometer weiter auf einem Feld gefunden«, erklärte die Chefin des S.W.A.P. und klickte zu einem Bild, auf dem ein Mann und zwei Frauen in Badekleidung orientierungslos über einen Acker liefen. »Bis auf ein paar blaue Flecken sind sie unverletzt geblieben.«

»Vielleicht war es ein Löschflugzeug. Die füllen ihre Löschtanks mit einem Schlauch über dem offenen Meer auf, und da kann auch schon mal ein Schwimmer dazwischengeraten«, rief Tim, der so eine Story vor einigen Monaten in der Zeitung gelesen hatte.

»Respekt, mein Junge! Haben wir aber alles schon gecheckt«, antwortete Snyder. »In dem Zeitraum gab es dort absolut keine Löschflugzeuge. Waldbrände sind in der Region eher selten. Und es handelt sich ja nicht nur um Schwimmbecken. Ganze Seen und Flüsse sind bereits ebenfalls verschwunden.«

»Und warum sieht man davon nichts im Fernsehen?«, fragte Bob.

»Im Internet habe ich auch noch nichts gelesen«, ergänzte Tim.

»Der S.W.A.P. hat gute Beziehungen zu den Medien. Wir möchten ja nicht, dass Panik ausbricht«, erwiderte Angela Steel.

»Und was wollen Sie jetzt von uns? Sollen wir die leeren Schwimmbecken mit Wassereimern wieder auffüllen?« Bob verschränkte wieder seine Hände und ließ missmutig die Finger knacken. »Da gehe ich lieber zur Schule.«

»Unsinn! Ihr sollt tun, was zwei zauberhafte Top-Agenten eben so tun«, erwiderte Angela Steel.

»Und das wäre?«, erkundigte sich Tim, der sich, ohne es zu merken, an sein Ohrläppchen griff.

»Professor Hazweio finden und ausschalten, natürlich. Und das möglichst, bevor es auf der ganzen Welt kein Wasser mehr gibt.« Während sie sprach, schaute Angela Steel aus dem Fenster, so als hätte sie draußen etwas gehört. Bob folgte ihrem Blick. Das Krankenzimmer lag im achten oder neunten Stock der Klinik. Von dort oben hatte man einen guten Blick über die Stadt. Bob schaute über das Häusermeer, aus dem ein paar wenige Wolkenkratzer herausragten. Etwas Verdächtiges entdecken konnte er nicht.

»Und wer, bitte schön, ist dieser geheimnisvolle Professor Hazweio?«, fragte Tim.

»Bislang kennen wir nur seinen Namen, wenn es überhaupt sein richtiger ist. Der Mann hat sich per Livestream in unser Computersystem gehackt und angekündigt, die Wasservorräte der Erde verschwinden zu lassen«, berichtete Snyder, weil seine Chefin immer noch angestrengt aus dem Fenster starrte. »Und allem Anschein nach hat er bereits damit angefangen. Ich war gerade auf dem Weg, um ihn aufzuhalten, als ihr ...« Snyder stockte. »Egal. Das Seltsame ist, dass er bisher keine Forderungen ...«

BUFF
Aua! Was soll das?
Deckung!
AUuuu
TAK

Angela Steel brauchte den beiden Jungs nicht zu sagen, dass sie sich so klein wie möglich machen sollten. Das taten Bob und Tim ganz instinktiv. Snyder lag bewegungsunfähig auf dem Boden und stieß unflätige Flüche aus, die den Männern im Helikopter galten, während die Geschosse dicht über ihn hinwegsurrten. Bob und Tim beobachteten mit Angela Steel, wie sich die Einschläge dem wehrlosen Körper des Top-Agenten bedrohlich näherten. Der Pilot hatte seinen Hubschrauber etwas höher gesteuert, um den Schusswinkel für den Schützen zu verbessern.

»Wir? Wieso machen Sie das nicht selbst?«, brüllte Bob zurück.

»Weil ich eine Menge Geld hierfür bezahlt habe.« Angela Steel tippte sich an ihre Nase. »Die werde ich mir bestimmt nicht von Anfängern wie denen da draußen verunstalten lassen. Außerdem wäre der S.W.A.P. ohne mich wie ein Schiff ohne Käpt'n! Also macht schon!«

»Gegenvorschlag«, schrie Tim. »Das erledigen unsere Doppelgänger, während wir an ihrer Stelle weiter brav zur Schule gehen.«

Snyder versuchte sich aus dem Schussfeld zu rollen, aber mit dem Gips und den vielen Verbänden war das unmöglich. Es waren jetzt nur noch Zentimeter, um die die Kugeln ihn verfehlten, weil der Helikopter ein weiteres Stück an Höhe gewonnen hatte.

»Zauberhafte Idee, aber ohne euch zwei läge er nicht dort. Das ist eure Chance, es wiedergutzumachen.«

Bob und Tim schauten sich an: Angela Steel hatte recht. Sie hatten Mist gebaut, und jetzt war der Moment, es wieder auszubügeln.

»Okay«, sagte Bob und klopfte Tim auf die Schulter. »No risk, no fun!«

Die zwei sprangen auf und rannten tief gebückt zu Snyder, der den »dreckigen, feigen Hunden in ihrem Scheiß-Heli« gerade einen »vierwöchigen Durchfall ohne einen Fetzen Klopapier in Reichweite« wünschte. Tim packte den eingegipsten rechten Arm, Bob das eingegipste rechte Bein, dann zogen sie den vor Schmerzen stöhnenden Top-Agenten zu Angela Steel, die im Schutz des Fenstersims darauf wartete, dass das Maschinengewehr für einen Moment verstummte. Als der Schütze endlich nachladen musste, richtete sie sich blitzschnell auf und visierte den schwebenden Hubschrauber vor der Scheibe mit ihrem Atomisator an. Bob sah, wie sich für den Bruchteil einer Sekunde die Blicke der Heli-Besatzung mit denen von Angela Steel trafen, weil er neugierig den Kopf aus der Deckung gehoben hatte. Im nächsten Moment drückte die Chefin des S.W.A.P. den Abzug, und der Hubschrauber löste sich in Luft auf.

»Und wo ist der Heli hin?«, erkundigte sich Bob. »Der kann doch nicht einfach verschwinden?!«

»Keine Zeit für Erklärungen. Wir müssen hier weg. Schnell!«, erwiderte Angela Steel und beugte sich besorgt zu Snyder, der immer noch fluchend auf dem Boden unter dem Fenster lag. »Alles klar mit dir?«

Ehe der Spitzenagent antworten konnte, stürzte S.W.A.P. 0815 in das Krankenzimmer.

Angela Steel schnappte sich ihren Koffer, der ebenfalls ein paar Löcher abbekommen hatte, und schob Bob und Tim vor sich her und hinaus auf den Flur.

»Hey, Jungs!«, rief Snyder ihnen nach, als sie das Krankenzimmer schon fast verlassen hatten. »Gar nicht mal so übel für den Anfang. Danke!«

»Da nicht für«, erwiderte Bob, und Tim ergänzte: »Keine Ursache, haben wir doch gern gemacht.«

Und das stimmte. Während sie Snyder in Deckung gebracht hatten und die Kugeln über sie hinweggesurrt waren, hatten die Jungs ein seltsames Gefühl in ihren Adern gespürt. Keine Angst, eher das Gegenteil. Eine Art euphorischer Begeisterung trotz der Gefahr ... oder gerade deswegen. Tim wusste aus dem Biologieunterricht, dass es das pure Adrenalin war, das ihnen durch die Adern schoss und sie in diese Stimmung versetzte. Und er wusste auch, dass man danach süchtig werden konnte. So wie es aussah, waren sie beide auf dem besten Weg dorthin.

KAPITEL SIEBEN DIE AUSRÜSTUNG

»Puh, das war aber ganz schön aufregend«, bemerkte Bob, als er neben Angela Steel die Treppe zur Tiefgarage hinunterlief.

»Was?«, fragte Angela Steel verständnislos zurück.

»Na, das mit dem Heli und dem Tak-Tak-Tak«, kam Tim seinem Freund zu Hilfe.

»Ach so, das meint ihr. Das war gar nichts. So etwas passiert ständig, wenn man für den S.W.A.P. arbeitet.«

»Was genau ist der S.W.A.P. eigentlich?«

Angela Steel sah Tim eine Sekunde verunsichert an, dann lachte sie.

»Zauberhaft, ganz zauberhaft! Für einen Moment dachte ich, ihr wisst es wirklich nicht. Aber ihr wollt mich nur auf den Arm nehmen, stimmt´s? Fast wäre ich drauf reingefallen!«, antwortete sie, während sie neben den Jungs die Treppe hinuntereilte.

»Wir würden es nur gern noch mal von Ihnen erfahren. Man hört ja so vieles ...«, sagte Tim und lächelte Angela Steel an.

»Da hast du auch wieder recht. Es werden ja auch viele Lügen über uns verbreitet. Also, wie euch bekannt sein dürfte, ist der S.W.A.P. der streng geheime Geheimdienst der UNO. Vor ein paar Jahren haben die Regierungen – na ja, die meisten zumindest – erkannt, dass es Gegner gibt, die sie mit ihren eigenen nationalen Geheimdiensten nicht aufhalten können. Deshalb gründeten sie den S.W.A.P., der sich seitdem um solche Probleme kümmert. Erinnert ihr euch an den Typen, der die Welt mit so einer Art gigantischem, intergalaktischem Laubbläser einfach aus unserem Sonnensystem hinauspusten wollte?«

Bob und Tim schüttelten den Kopf, während sie an der Tür vorbeigingen, die zur Garage führte. Angela Steel aber lief einfach weiter die Treppe hinunter. Tim blickte über das Geländer in die Tiefe. Dort lagen noch mindestens vier oder fünf unterirdische Etagen.

»Das war wahrscheinlich vor eurer aktiven Zeit. Thomas und ich haben ihn im Auftrag des S.W.A.P. gestoppt. Das war unser erster Einsatz, damals war ich selbst noch im Außendienst tätig.«

»Und wie haben Sie das geschafft?«, fragte Bob neugierig.

»Wir haben einfach den Stecker gezogen«, erklärte Angela Steel. »Natürlich nur bildlich gesprochen. Wir haben die Energieversorgung von dem Ding gekappt.«

»Nur damit wir das richtig sehen: Wir, also der S.W.A.P., stehen doch auf der Seite der Guten, oder?«, wollte Tim wissen.

»Wo sollen wir denn sonst stehen?«, fragte Angela Steel zurück und stoppte vor einer Tür.

»Na, auf der dunklen Seite zum Beispiel, so wie Darth Vader und das Imperium«, erklärte Bob.

»Natürlich stehen wir auf der Seite der Guten.« Angela Steel machte eine nachdenkliche Pause. »Allerdings behaupten das die anderen auch von sich.«

»Welche anderen?«

»Ihr stellt Fragen! Na, die mit dem Hubschrauber zum Beispiel«, erwiderte die Chefin des S.W.A.P. und schob die Jungs durch die Tür in den Raum dahinter.

»Ein Suburb-Shuttle! Aber Finger weg, das wird noch gebraucht«, erwiderte Angela Steel und zog eine Schreibtischplatte aus der Wand, die dort verborgen gewesen war. Darauf stellte sie ihren Koffer ab, streifte ihren rechten Schuh vom Fuß und holte einen Schlüssel hervor, den sie im Absatz versteckt hatte. Damit öffnete sie das Schloss des Koffers und klappte den Deckel auf.

»Hier sind ein paar Dinge, die euch bei eurem Auftrag helfen werden«, murmelte Angela Steel, als sie in dem Koffer herumkramte. »Hoffe ich wenigstens!«

Bob versuchte neugierig einen Blick über ihre Schulter zu werfen, doch die Chefin stellte sich so vor den Koffer, dass er nichts erkennen konnte.

»Den hat bestimmt wieder S.W.A.P. 0815 gepackt, so unordentlich, wie das alles aussieht«, schimpfte sie vor sich hin. »Ah, da ist es ja!«

Als sie sich zu Bob und Tim umdrehte, hielt sie eine goldglänzende Münze zwischen Daumen und Zeigefinger. Auf der Seite, die die Jungs sehen konnten, waren die Buchstaben S.W.A.P. eingeprägt und direkt darüber das Bild eines Erdmännchens.

»Zauberhafte Idee, aber dieses Erdmännchen kann euch nützen, also passt gut auf es auf. Wenn ihr die Marke Agenten befreundeter Geheimdienste zeigt, werden sie euch helfen«, sagte Angela Steel.

»Und wenn die Agenten zu den anderen gehören? Denen, die nicht mit uns befreundet sind?«, fragte Tim.

»Dann zeigt ihnen die Marke lieber nicht. Besser für euch«, erklärte Angela Steel und drückte Tim die Münze in die Hand.

»Aber woher sollen wir das wissen?«, hakte Tim nach.

»Das könnt ihr nicht wissen. Und außerdem wechselt das täglich. Es fällt mir selbst oft nicht leicht, den Überblick zu behalten, wer gerade für oder gegen uns ist.«

»Dann nützt die uns doch überhaupt nichts!«, beharrte Tim, aber auch diese Bemerkung ignorierte Angela Steel. Sie hatte sich längst wieder zu dem Koffer umgedreht. Als sie sich erneut den Jungs zuwandte, hatte sie ein Gerät in der Hand, das etwa so groß wie ein E-Book war und auch genauso aussah.

»Unser S.W.A.P.-Book! Hier findet ihr Anweisungen für so ziemlich jede unangenehme Situation, in die ihr geraten könnt, und habt Zugriff auf alle Datenbanken dieser Welt. Außerdem könnt ihr darauf Filme gucken, und es besitzt ein GPS-gestütztes Navigationssystem. Und ganz wichtig: Auf dem Gerät findet ihr ein Formular für Schadensmeldungen, wenn bei eurem Einsatz irgendwas kaputtgeht.«

»Und der S.W.A.P. bezahlt das dann?«, wollte Bob wissen.

»Natürlich nicht. Das bezahlt ihr selbst. Wir brauchen das nur für die Statistik. Mit dem, was für die Reparatur von Thomas' Sportwagen anfällt, dem Ersatz für die Plakatwand, den Krankenhauskosten, dem Loch in der Wand unserer Schießanlage und dem kaputten Tablet von S.W.A.P. 0815 seid ihr übrigens schon ganz schön tief in den Miesen.« Angela Steel zog die Stirn in Falten, weil sie im Kopf nachrechnete, auf wie viel sich die Schulden der Jungs beliefen. »Ich schätze mal, so 100.000 Euro sind da schon zusammengekommen. Nicht schlecht für zwei, die gerade erst bei uns angefangen haben.«

Die Chefin sah die beiden Jungs an, als würde sie abschätzen, ob die ihre Schulden jemals würden bezahlen können oder nicht.

»Wie wehre ich mich gegen einen Haiangriff?« Bob beugte sich über das Gerät und bemühte sich, möglichst deutlich zu sprechen.

»Wie bitte?«, tönte eine Stimme aus dem Lautsprecher des S.W.A.P.-Books.

»WIE WEHRE ICH MICH GEGEN EINEN HAIANGRIFF?«, wiederholte Bob, diesmal etwas lauter.

»WIE BITTE?!«, wiederholte die Stimme ebenfalls etwas lauter.

»Lass mich mal«, mischte sich Tim ein und beugte sich über das Gerät. »W I E W E H R E I C H M I C H G E G E N E I N E N H A I-A N G R I F F ? ? ?«

»Gegnel packt, wo verletzlich am meisten, nicht zögeln«, quäkte die Stimme, deren asiatische »r«-Schwäche die Jungs erst jetzt bemerkten, weil in »Wie bitte« kein »r« vorkommt.

»Keine Sorge, das sind nur Kinderkrankheiten. In Kürze haben wir das im Griff«, verkündete Angela Steel unbeeindruckt und griff wieder in ihren Koffer, aus dem sie zwei Mikrokopfhörer herausholte. Sie waren so geformt, dass sie perfekt in die Ohrmuschel passten und so von außen kaum zu erkennen waren.

»Apropos übersetzen! Die hier werden euch wirklich helfen. Das sind Sprachtransmitter, die intern und extern wirken.«

»Intern und extern?« Bob betrachtete neugierig die winzigen Ohrstöpsel.

»›Extern‹ bedeutet außen, ›intern‹ bedeutet innen«, sagte Tim.

»Klugscheißer«, knurrte Bob. »Das weiß ich selbst!«

»›Extern‹ bedeutet, dass ihr damit alle Sprachen verstehen könnt, die von außen eure Ohren erreichen. ›Intern‹ heißt, dass von dem Gerät Signale an euer Gehirn gesendet werden, die es euch erlauben, in derselben Sprache zu antworten. Auch wenn ihr sie nie gelernt habt«, erklärte Angela Steel.

»So zuverlässig wie das Übersetzungsprogramm hier?« Tim zeigte auf das S.W.A.P.-Book.

»Die Kopfhörer funktionieren einwandfrei, keine Sorge. Wir verwenden sie schon seit Jahren. Ohne die wäre der S.W.A.P. als multinationaler Geheimdienst gar nicht zu führen. Wir können es gern mal ausprobieren«, schlug Angela Steel vor.

»Gerne«, erwiderte Bob und stopfte sich einen der Mikrokopfhörer in seine rechte Ohrmuschel.

»私を理解してますか?«, fragte die Chefin auf Japanisch.

»完璧な«, antwortete Bob. »馬鹿.«

»Was hast du gesagt?«, erkundigte sich Tim.

»Dass ich sie verstehen kann und dass du ein Idiot bist. Auf Japanisch«, erwiderte Bob. »Die Dinger funktionieren tadellos.«

»Sag das noch mal«, forderte Tim seinen Freund auf und versenkte den zweiten Kopfhörer in seinem Gehörgang.

»馬鹿«, wiederholte Bob.

»Jetzt habe ich es auch verstanden.« Tim klopfte anerkennend an sein Ohr. »Echt super, die Teile!«

»Dürfen wir die später behalten? Damit wären Englischarbeiten ein Klacks. Und Französisch auch!«, jubelte Bob.

»Oder Latein! Funktionieren die auch bei Latein?«, wollte Tim wissen.

»Ja, tun sie!«, antwortete Angela Steel. »Der Vatikan ist schließlich auch Mitglied in unserem Verein Und nein, ihr dürft die nicht behalten. Die Mikrosender kosten ein Vermögen und bleiben Eigentum des S.W.A.P. Das ist alles nur geliehen, und wenn ihr etwas davon verliert, müsst ihr eine Verlustmeldung ausfüllen. Dann entscheidet die Verwaltung, ob ihr dafür haftbar gemacht werdet oder nicht. Wenn sie glaubt, dass ihr grob fahrlässig gehandelt habt, müsst ihr für den Verlust aufkommen, und wir reden hier nicht über ein paar Euro fuffzig.«

»Kommt das oft vor? Das mit dem grob fahrlässig«, erkundigte sich Bob.

»Fast immer. Es sei denn, ihr habt bei dem betreffenden Einsatz euer Leben gelassen. Dann erlässt euch der S.W.A.P. die Schulden. Vielleicht.«

»Das ist ja echt großzügig«, bemerkte Tim.

»Finde ich auch«, erwiderte die Chefin ohne eine Spur von Ironie und deutete auf die Kopfhörer. »Und denkt dran, die Technik darin ist streng geheim. Damit könnt ihr übrigens auch Kontakt zu Thomas halten, wenn ihr seine Hilfe braucht.«

»Wow!«, machte Bob und nickte scheinbar beeindruckt. »Kontakt halten! Das ist ja echt eine streng geheime Technik. Schon mal was von Handys gehört?«

»Sehr komisch.« Angela Steel lächelte müde und schaute noch einmal in ihren Koffer. »Habe ich was vergessen? Nein, ich glaube, das war es.«

Die Chefin des S.W.A.P. drehte sich wieder zu den Jungs um und strahlte sie zufrieden an. Dann streckte sie Bob und Tim die Hand entgegen. »Willkommen im Klub! Hiermit ernenne ich euch offiziell zu S.W.A.P. 0098 und S.W.A.P. 0099.«

»Haben Sie keine kleineren Nummern für uns?«, fragte Tim. »Nummern, die irgendwie wichtiger klingen – so wie 007 zum Beispiel?«

»Welche Nummer hat denn Snyder?«, sagte Bob, der zögernd Angela Steels Hand ergriff und sie schüttelte.

»Ihr seid wirklich zauberhaft! Snyder hat die Nummer 0001, was glaubt ihr denn?! Ihr könnt froh sein, dass ihr überhaupt noch eine zweistellige Nummer bekommen habt. Und das auch nur, weil S.W.A.P. 0098 und S.W.A.P. 0099 kürzlich aus dem Dienst ausgeschieden sind.«

»Sind die in Rente gegangen?«, fragte Tim und griff jetzt ebenfalls nach Angela Steels Hand.

»Nein, sie sind tot. Ihr kennt sie übrigens. Das waren die beiden Kollegen, die euch von der Schule abgeholt haben«, antwortete sie, ohne ihr aufmunterndes Lächeln zu unterbrechen.

»Was ist ihnen denn passiert?«, fragte Bob.

»Ein Unfall«, erwiderte die Chefin. »Na ja, zumindest nennen wir es beim S.W.A.P. so. ›Unfall‹ klingt nicht so dramatisch wie ›Sprengstoffanschlag‹, findet ihr nicht auch?«

Bob und Tim waren sich nicht sicher, wie sie das finden sollten. Sie waren noch viel zu geschockt, obwohl sie die Zwillinge von den *Städtischen Gaswerken* nur kurz kennengelernt und auch nicht unbedingt in bester Erinnerung behalten hatten.

»Es gibt Schlimmeres«, fuhr Angela Steel fort, um das betretene Schweigen zu überspielen. »Ich wünsche euch beiden jedenfalls viel Glück!«

»Wobei?«, fragte Bob.

»Na, dabei, *Operation Deep Water* zu einem glücklichen Ende zu bringen und Professor Hazweio zu stoppen. Darüber reden wir doch die ganze Zeit.«

»Und wie sollen wir das machen?«, fragte Tim.

»Du bist doch *Big Brain*, lass dir was einfallen! Ich an eurer Stelle würde damit anfangen, dort nach ihm zu suchen, wo alles begonnen hat. In diesem kleinen Schwimmbad. Da wollte Thomas auch gerade hin, als ihr ... na ja, ihr wisst schon.«

»Und wie kommen wir dahin?«, erkundigte sich Bob.

Angela Steel musste lachen.

»Ihr seid mir zwei Komiker! Hiermit natürlich!« Angela zeigte auf die gläserne Kabine der Kapsel. »Sagt mir nicht, eure Ex-Auftraggeber haben kein Suburb-Shuttle im Keller stehen?«

Bob und Tim schüttelten den Kopf.

Ihr müsst euch das vorstellen wie ein weltweites U-Bahnnetz. Das Shuttle bringt euch mit Mach 2 überall hin.
Das Streckennetz und die Haltestellen findet ihr auf eurem S.W.A.P.-Book.
Und wie lenke ich das Teil?
Gar nicht, das geht vollautomatisch.
Auf dem S.W.A.P.-Book findet ihr auch das Bekennervideo von Hazweio. Schaut es euch an.

Viel Glück! Ach, fast hätte ich es vergessen ...
Den Atomisator braucht ihr jetzt dringender als ich.
Und was tut der so?
Er zerstäubt die Atome eures Gegners und setzt sie woanders wieder zusammen.
Der Heli dürfte in Sibirien wieder aufgetaucht sein. Ich habe ziemlich stark abgedrückt.
...

Kapitel acht Das Shuttle

Die Glaskuppel über Bob und Tim war mit Leuchtfäden durchzogen, die das Innere der Kapsel in ein bläuliches Licht tauchten. Tim vermutete, dass der freundliche Farbton die Insassen beruhigen sollte. Dazu gab es guten Grund, denn an den Seiten sowie über und unter ihnen war kaum eine Handbreit Platz zwischen ihrem Shuttle und den glatten Wänden des Röhrensystems, durch das sie in atemberaubender Geschwindigkeit hindurchsausten. Das Gefährt erinnerte Tim an altmodische Rohrpostsysteme, von denen er einmal in einem Buch gelesen hatte. Da wurden Nachrichten in kleinen, zylinderförmigen Dosen per Luftdruck durch enge Röhren katapultiert. Manchmal blieb eine dieser Dosen stecken, und die nachfolgenden rasten mit ungebremstem Tempo hintendrauf und ...

»Wir brauchen keine, dazu haben wir doch unsere Doppelgänger. Schon vergessen?«

»Stimmt! Die Ärmsten!«

»Vor allem der Kerl, der dich vertreten muss«, erwiderte Tim und grinste. »Bei deinen Noten!«

»Hey, du Strebersocke! Ich komme dir gleich nach hinten …«

»Mach doch, wenn du dich traust.«

»Und wie ich mich traue!« Bob grinste zurück.

»Umso besser, dann kannst du mir gleich mal das Video zeigen, auf dem dieser Professor Hazweio zu sehen sein soll.«

Bob zog das S.W.A.P.-Book aus seiner Jackentasche. Er verzichtete auf die Sprachsteuerung und wischte mit den Fingern über das Display, um das Video zu öffnen, das auf dem Desktop abgelegt war. Er hielt das Gerät so in die Höhe, dass auch Tim von hinten bequem auf den kleinen Bildschirm schauen konnte. Dann startete er den Film.

Zuerst erschienen Aufnahmen, die irgendwo in der Südsee entstanden sein mussten. Ein türkisblaues Meer, eine Insel mit einem riesigen Traumstrand und himmelhohen Palmen. Das Ganze sah aus, als wäre es der Werbefilm eines Reiseveranstalters. Plötzlich legte sich ein Schleier über das Bild. Als sich der Nebel verzogen hatte, war das Wasser verschwunden, und die Insel ragte aus einer Landschaft, die nur noch aus Sand bestand. Es war eine Fotomontage, das erkannte Tim an den Rändern, wo noch ein paar Restwellen zu erkennen waren. Irgendwer hatte im Computer das Wasser durch eine Wüste ersetzt, die sich bis zum Horizont erstreckte. Von rechts ritt jetzt ein Beduine auf einem Kamel in den Bildausschnitt hinein. Es dauerte eine Weile, bis er das Kamel zum Halten gebracht hatte, weil das Tier nicht so wollte wie er. Als es ihm endlich gelungen war, zoomte die Kamera auf sein grimmig blickendes Gesicht. Aus der Nähe wirkte er eher europäisch, und als er zu sprechen anfing, tat er das auf Deutsch, wobei er sich vergeblich bemühte, einen arabischen Akzent zu imitieren: »Siebzig Prozent der Erde sind von Wasser bedeckt. Noch! Wenn ich meine Mission beendet habe, werden es höchstens noch ein oder zwei Prozent sein. Dann könnt ihr zu Fuß von Europa nach Amerika laufen, ohne euch die Hosenbeine nass zu machen. Die ganze Welt wird eine einzige Wüste sein …« Der Reiter unterbrach seine Ansprache, weil sich sein Kamel gelangweilt von der Kamera weggedreht hatte. Nur mit Mühe gelang es ihm, das Tier fluchend wieder in die richtige Position zu dirigieren. »Staub wird aus euren Wasserhähnen rieseln, und ihr werdet um jeden Tropfen Wasser betteln.« Es folgte eine Videoeinblendung, in der ein Schwimmbad zu sehen war. Genau wie auf den Bildern, die S.W.A.P. 0013 ihnen gezeigt hatte, wurde das Wasser in dem Becken plötzlich von einem Sog erfasst und verschwand in einer dunklen Wolke, die wie aus dem Nichts über dem Pool aufgetaucht war. Dazu erklang aus dem Off ein heiseres Lachen, das ganz offensichtlich dem Kamelreiter gehörte.

Als alles Wasser in der Wolke verschwunden war, sah man auf dem Video wieder den Beduinen. Er war von seinem Kamel gestiegen und hielt das Tier jetzt an den Zügeln. Der Mann war größer, als er auf dem Kamel gewirkt hatte, und reichte dem Tier fast bis zu den Höckern. »So wird es in den nächsten Wochen mit allem Wasser auf dieser Erde geschehen. Es wird einfach verschwinden, bis nichts mehr da ist, und es gibt nichts, was ihr dagegen tun könnt. Gar nichts!« Der Mann lachte wieder sein heiseres, bösartiges Lachen.

Auch Bob und Tim mussten lachen, weil dem Kamel die Vorstellung überhaupt nicht zu gefallen schien. Es drehte sich weg und trabte nach rechts aus dem Bild. Dabei riss es den Mann hinter sich her, und jetzt sah man, dass er die ganze Zeit auf einer Kiste gestanden hatte, um größer zu wirken.

Der Film sah aus, als wäre es eine billige Hollywoodproduktion, und der Bösewicht in den Beduinenkleidern wirkte auch nicht, als ob man wirklich Angst vor ihm haben müsste.

»Bleibst du wohl stehen, du verdammtes Viech!«, fluchte der Mann, als er von dem Kamel aus dem Bildausschnitt gezerrt wurde, weil sich seine Hand in den Zügeln verfangen hatte. Aus der Richtung der Kamera war ebenfalls ein helles Lachen zu hören. Der falsche Beduine griff mit seiner freien Hand in seinen Umhang und zog einen Revolver heraus. Damit feuerte er dreimal, und die Kamera fiel zu Boden. Aus dem Off hörte man den Mann brüllen: »Und du, verdammtes Kamel, wirst auch kein Wasser mehr brauchen!«

Kurz darauf ertönte ein weiterer Schuss, und der Film brach ab.

»Und wenn ihr zwei nicht gleich den Fluch der Mumie auf euch ziehen wollt, hört ihr mir jetzt gut zu. Ich sitze in einem Flieger und werde in ein neues Hospital verlegt. Angela ist in der Zentrale, deswegen ...«

»Wer ist Angela?«, unterbrach ihn Tim.

»Angela Steel, eure Chefin. S.W.A.P. 0013, du *Brain*! Jetzt kann ich endlich offen mit euch beiden Komikern reden. Ich weiß absolut genau, dass ihr keine Top-Agenten seid, sondern nur zwei Schwachmaten, die noch nicht mal ein Spielkasino betreten dürfen, weil sie gerade erst aus den Windeln raus sind.«

»Aber ...«

»Ruhe, jetzt rede ich! Ihr wisst es, und ich weiß es. Trotzdem müsst ihr diesen Job durchziehen, und ich werde euch dabei helfen, weil es bedauerlicherweise um nichts weniger als um die Rettung der Welt geht. Und weil niemals jemand erfahren darf, dass ich, Thomas Snyder, Spion des Jahres 2011, 2012 und 2013, von zwei Schuljungen wie euch aufs Kreuz gelegt worden bin. Haben wir uns verstanden?«

»Verstanden!«, murmelten Bob und Tim.

Snyder zögerte einen Moment, weil er nicht sicher war, ob sich die beiden über ihn lustig machten oder nicht. Er entschied sich dagegen und fuhr fort: »Gut so, und damit ihr nicht völlig versagt, gebe ich euch jetzt ein paar Tipps, die euch helfen werden, eure Mission zu erfüllen. Das Wichtigste für einen Top-Agenten ist absolute Pünktlichkeit. Das ist überhaupt das Allerwichtigste, das kommt sogar noch vor blank geputzten Schuhen. Ihr habt doch absolut blank geputzte Schuhe, oder?«

Bob und Tim blickten auf ihre Sneakers, an denen immer noch der Staub aus der Schießanlage klebte. Ohne die Antwort abzuwarten, war Snyder schon beim nächsten Punkt seiner Top-Regeln für Top-Agenten angekommen. »Gebügelte Hemden! Achtet darauf, dass eure Hemden und Hosen immer absolut tipptopp gebügelt sind. Und ich hoffe für euch, dass ihr wisst, wie man eine Krawatte bindet.«

Bob und Tim nickten sich zu. Das galt allerdings nicht Snyders Frage, sondern ihrem gemeinsamen Entschluss, sich von den Mikrokopfhörern in ihren Ohrmuscheln zu befreien.

Lautes Klirren, so als wäre ein mit Hunderten Gläsern beladenes Tablett auf dem Boden gelandet, war das Vorletzte, was sie hörten.

»S.W.A.P. 0815! Was haben Sie denn jetzt schon wieder angestellt?! Soll ich meine Suppe etwa vom Boden auflecken? Bin ich ein Hund?«, war das Letzte.

Danach herrschte eine geradezu friedliche Stille in der Kabine des Suburb-Shuttles, weil die Jungs die Kopfhörer in ihre Hosentaschen gestopft hatten.

»Hast du das da draußen an der Wand auch gerade gesehen?«, fragte Bob plötzlich.

»Was?«, erkundigte sich Tim.

»Da war Graffiti!«

»Klar, hier unten klettern ein paar Kids rum und sprayen ihren Namen an die Röhre. Hey, das ist ein Suburb-Shuttle, nicht eure Hochhaussiedlung!«

»Keine Ahnung, aber da stand ›Hokapey‹, ›Hokalai‹ oder so! Ich habe es selbst gesehen!«

»Ich hab nichts gesehen!«

»Weil du blind bist. Deswegen hast du uns ja auch gegen diese exterreale Gravitationsmauer laufen lassen!«

»Die war unsichtbar! Die konnte ich nicht sehen. Die konnte keiner sehen.«

»Aber das da draußen hättest du sehen können. Ich habe es ja auch gesehen. Da war Graffiti an der Wand, und da stand ›Hokabay‹, ›Hokaley‹ ... irgendwas in der Art.«

»Wenn hier wirklich einer mit Sprühdose unterwegs war, dann ist der jetzt platt wie ...«

Tim sprach nicht weiter, weil sich von vorn ein blaues Licht näherte, ganz ähnlich dem, das auch ihre Kabine erleuchtete. Bob hatte es auch bemerkt. Es war nicht genau zu erkennen, ob die

Lichtquelle stillstand, ihnen entgegenkam oder langsam vor ihnen herfuhr. Sicher war nur, dass sie sich beunruhigend schnell näherte.

Tim kramte in seiner Hosentasche nach dem Mikrokopfhörer, und Bob nahm wieder das S.W.A.P.-Book in die Hand.

»Verdammtes Ding!«, fluchte Bob und begann, mit den Fingern durch das S.W.A.P.-Book zu navigieren, auf der Suche nach einem Hinweis, der ihnen irgendwie helfen könnte.

Sie konnten die Umrisse der Kapsel vor ihnen jetzt schon deutlich sehen. Es waren höchstens noch fünfhundert Meter bis zum Aufprall.

Tim war es inzwischen gelungen, die Mikrokopfhörer wieder in seiner Ohrmuschel zu versenken.

Noch vierhundert Meter.

»Ganz wichtig sind natürlich auch gute Tischmanieren. Kann ich die bei euch voraussetzen?«, fragte Snyder, der noch gar nicht gemerkt hatte, dass die Jungs sich für einen Moment ausgeloggt hatten.

Noch dreihundert Meter.

»Wir brauchen Ihre Hilfe!«, schrie Tim.

»Ich bin doch gerade dabei, euch zu helfen. Also sei still und hör gut zu!«

Noch zweihundert Meter.

»Da ist eine andere Kapsel direkt vor uns im Tunnel, und wir rasen genau auf sie zu. Da nützen uns gute Tischmanieren überhaupt nichts«, brüllte Tim.

Noch hundert Meter.

»Sag das doch gleich. Zuerst einmal: Ruhe bewahren!«

Noch fünfzig Meter.

»Aber wie sollen wir die verdammte Kapsel stoppen?«

»Hier steht's«, rief Bob von vorn. »Ich hab's gefunden!«

»Man braucht die nicht zu stoppen«, sagten Snyder und Bob fast gleichzeitig.

Noch zehn Meter!

»Weil die Wände aus einem Material sind, das sich automatisch ausweitet, wenn es auf der Strecke zu einem Engpass kommt«, las Bob aus dem S.W.A.P.-Book vor.

»Hat euch Angela das denn nicht gesagt?«, fragte Snyder und lachte laut.

»Nein«, erwiderte Tim sauer. »Hat sie nicht!«

»Unsere Chefin hat manchmal einen absolut seltsamen Sinn für Humor. Ihr habt euch bestimmt in die Hose gemacht vor Schiss, oder? Ich wette, ihr habt! Ihr Ärmsten!«

Snyder klang nicht so, als ob er sein Mitgefühl ernst meinen würde. Im Gegenteil.

Tim nahm den Kopfhörer wieder aus dem Ohr und klopfte Bob von hinten auf die Schulter. Bob streckte Tim seinen Daumen entgegen. Sie hatten es überstanden.

Kurz darauf drosselte das Shuttle seine Geschwindigkeit und kam unter einem Schacht, der direkt über Bob und Tim senkrecht nach oben führte, vollständig zum Stehen. Die Kapsel öffnete sich automatisch, was wohl bedeuten sollte, dass sie ihr Ziel erreicht hatten. Die zwei blickten nach oben und sahen Eisenstufen, die an der Schachtwand angebracht waren und nach etwa zehn Metern über ihnen unter einem Gullydeckel endeten.

KAPITEL NEUN DAS SCHWIMMBAD

Bob und Tim stiegen nicht sofort aus, sondern blieben noch einen Moment in ihren Sitzen hocken. Seit der S.W.A.P. sie aus der Schule geholt hatte, waren sie von einer gefährlichen Situation in die nächste geraten. Die Minuten unter der geöffneten Kuppel ihres Shuttles waren für die beiden Jungs die erste Gelegenheit, in Ruhe über alles nachzudenken, was sich in den letzten Stunden ereignet hatte.

»Ich fasse mal zusammen«, unterbrach Tim nach einer Weile ihr Schweigen. »Wir wurden an einen unbekannten Ort entführt, haben einen Hubschrauberangriff überlebt, sind in dieser Röhre beinahe mit einem anderen Shuttle zusammengeknallt und sollen jetzt als Agenten des S.W.A.P. die Welt vor einem völlig durchgeknallten Möchtegern-Beduinen retten. Die Frage, die wir zwei uns jetzt offen und ehrlich beantworten müssen, lautet doch: Wollen wir das überhaupt?«

Bob drehte sich langsam zu Tim um und sah seinen Freund lange und ernst an.

»Willst du wirklich eine ehrliche Antwort?«, fragte Bob.

»Ich bitte sogar darum!«, erwiderte Tim.

»Auf der ganzen Welt gibt es nichts, was ich lieber machen würde!« Bob grinste breit.

Tim strahlte zurück und schlug seinem Freund auf die Schulter.

»Das war genau die Antwort, die ich von dir erwartet habe. Wir werden der Mumie beweisen, dass wir diesen fiesen Kamelreiter auch mit dreckigen Schuhen und ungebügelten Hosen stoppen können.«

»Und wie ich dich kenne, hast du bestimmt auch schon einen Plan, wie wir das machen werden.«

»Was denkst du denn?! Klar habe ich einen Plan! Ich bin *Big Brain*! Einen ganz genialen Plan habe ich.«

»Und wie sieht der aus?«, fragte Bob

»Wir steigen jetzt die Leiter da hoch«, erklärte Tim.

»Genial! Und wie weiter?«

»Dann gucken wir uns da oben ein bisschen um.«

»Ist das alles?! Das ist dein genialer Plan?«

»Wenn du nicht zufrieden bist, frag doch dein blödes S.W.A.P.-Book. Oder Snyder. Und jetzt mach schon, steig endlich aus.«

»Warum soll ausgerechnet ich als Erster da hochklettern?«

»Weil *Die Faust* den Deckel da oben wegschieben muss. Das ist dein Job. Mein Job ist es, Pläne zu machen!«

»*Ein bisschen umgucken* ... toller Plan!«, entgegnete Bob und machte sich an den Aufstieg. Tim folgte Bob, ließ aber drei Sprossen Sicherheitsabstand, damit ihm sein Freund und Kollege nicht *zufällig* auf die Finger treten konnte.

Als Bob den Kanaldeckel erreicht hatte, suchte er am Rande des Schachtes nach Tasten oder Schaltern, mit denen sich der Ausgang öffnen ließ. Als er keine fand, stemmte er sich von unten gegen den Deckel, um ihn hochzuheben und zur Seite zu schieben.

Vergeblich.

Der Gullydeckel rührte sich keinen Zentimeter von der Stelle.

»Hast du's bald?«, drängelte Tim ungeduldig.

»Du kannst es gern selbst mal versuchen. Das Ding sitzt bombenfest. Entweder ist der völlig eingerostet, oder direkt darüber parkt ein Wagen. Hier kommen wir jedenfalls nicht raus.«

»›Bombenfest‹ bringt mich auf eine Idee. Geh mal aus der Schusslinie.« Tim zog den Atomisator aus der Tasche und richtete ihn auf den Gullydeckel über ihm. »Und nicht bewegen!«

»Danke für den Tipp! Wäre ich von allein nicht drauf gekommen!« Bob drückte sich eng an die Schachtwand, während Tim dicht an ihm vorbeizielte und im nächsten Moment auch schon sanft den Abzug des Atomisators antippte.

Wie bei den Schüssen auf den Papp-Hotzenplotz und den Helikopter erklang auch jetzt ein leises **ZISCHEN**.

Na, habe ich zu viel versprochen?!
Kleinigkeit. Mit dem Ding da kann das jeder.
Das hat aber eben nicht jeder.
So, jetzt haben wir uns ein bisschen umgesehen. Und wie weiter?
Wir gehen zum Frei-bad. Was sonst?

Mithilfe ihres S.W.A.P.-Books war das ein Kinderspiel. Nachdem das Gerät ihren Standort bestimmt hatte, dirigierte es sie über Nebenstraßen bis zum Eingang des Freibades, in dem Hazweio das erste Mal seine Macht demonstriert hatte.

»Geschlossen!« Bob zeigte auf das verriegelte Tor. »Kein Wunder, es ist mitten in der Nacht.«

»Das wäre es auch tagsüber.« Tim deutete auf ein Schild, das die Besucher darüber informierte, dass das Schwimmbecken bis auf unbestimmte Zeit wegen dringend nötiger Reparaturmaßnahmen geschlossen bleiben würde.

»Und nun? Was hat *Big Brain* als Nächstes vor?«

»Wir gehen da rein und suchen nach Hinweisen, die uns irgendwie weiterhelfen«, antwortete Tim und machte eine Räuberleiter, damit Bob erst auf seine Schultern und dann auf den Rand der Mauer klettern konnte. Oben angekommen, reichte Bob seinem Freund die Hand und zog ihn zu sich hinauf. Dann ließen sie sich beide auf der anderen Seite wieder hinuntergleiten.

Die ganze Aktion hatte nicht mehr als eine Minute gedauert, weil Tim und Bob ein eingespieltes Team im Über-Schwimmbadmauern-Klettern waren. Genauso waren sie auch daheim schon oft nachts ins Freibad eingebrochen. Bob, weil er kein Geld hatte, um sich eine Eintrittskarte zu kaufen, und es ihm tagsüber sowieso zu voll war. Tim, weil er es spannender fand, über eine Mauer zu steigen, als sich allein im Pool seiner Eltern zu langweilen.

In den Ecken des leeren Schwimmbeckens hatten sich bereits Laubhaufen gebildet, und direkt unter den Jungs huschte eine kleine Maus, die in das Becken gefallen sein musste, über die hellblauen Fliesen und suchte nach einem Ausgang.

»Das wussten wir auch vorher schon. Trotzdem bin ich überzeugt, dass hier irgendwo eine Spur zu finden ist. Wieso hat sich dieser Hazweio ausgerechnet dieses Kaff für seinen ersten Auftritt ausgesucht? Es muss eine Verbindung geben.«

»Und welche?«, fragte Bob, während er eine lange Alustange, die dafür gedacht war, Nichtschwimmer vor dem Ertrinken zu retten, aus ihrer Halterung zog und so in das Becken hielt, dass ein Ende auf dem Fliesenboden auflag.

»Was zum Teufel machst du da?«, erkundigte sich Tim.

»Ich rette Leben«, erwiderte Bob und zeigte auf die Maus, die den Fluchtweg sofort erkannt hatte. Sie trippelte über die Stange nach oben, sprang kurz vor Bobs Händen auf die Erde und flüchtete sich dann unter einen Busch, wo sie von einem freudigen Quieken begrüßt wurde. »Wir sind doch bei den Guten, schon vergessen?«

»Ich werde dich bei S.W.A.P. 0013 für einen Orden vorschlagen«, erwiderte Tim.

»Du hast meine Frage noch nicht beantwortet.«

»Welche?«

»Na, was für eine Verbindung zwischen Hazweio und diesem Provinzbad hier besteht.«

»Das weiß ich nicht. Noch nicht!« Tim rieb sich sein Ohrläppchen und blickte sich um. Hinter der Liegewiese war ein kleiner Bungalow, in dem – wie Tim annahm – der Bademeister des Schwimmbades wohnte. Durch eine Fensterscheibe flackerte das bläuliche Licht eines eingeschalteten Fernsehers.

»Wir fragen einfach den Bademeister. Vielleicht hat er was Verdächtiges bemerkt«, schlug Tim vor.

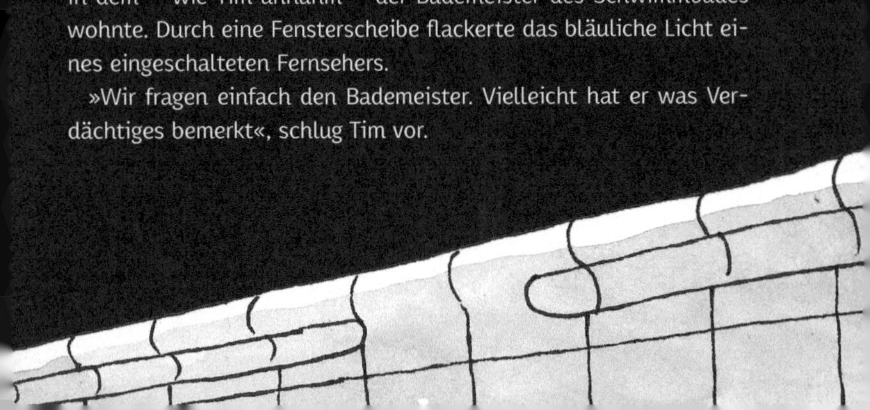

»Ist es dafür nicht schon ein bisschen spät?«, fragte Bob.

»Hey, wir sind Top-Agenten im geheimen Auftrag! Für uns gibt es kein *zu spät*. Außerdem ist er sowieso noch wach, sonst würde doch der Fernseher nicht laufen!«, sagte Tim.

»Das bedeutet gar nichts. Bei uns läuft die Glotze auch rund um die Uhr«, erwiderte Bob und stieg über den kniehohen Jägerzaun, der den Garten des Bungalows von der Liegewiese des Freibades trennte.

»Hallo! Ist jemand zu Hause?«, rief Tim, als er mit Bob über den Rasen auf die Terrassentür zuging. Der Ton des Fernsehers war so laut aufgedreht, dass die Jungs sogar von draußen erkannten, dass gerade ein Krimi lief.

»Vielleicht hört er uns nicht?«, sagte Bob, als sie keine Antwort erhielten. »Bei der Lautstärke ist der Typ bestimmt schon halb taub.«

Das Zimmer hinter der großen Scheibe, durch die man vom Wohnzimmer aus das Treiben im Freibad beobachten konnte, war völlig verwüstet. Der Inhalt der Schränke lag über den ganzen Teppichboden verstreut, die Polster der Couchgarnitur waren aufgeschlitzt, und nur die hellen Flecken an der Tapete verrieten, wo die Bilder gehangen hatten, die nun mit zersplitterten Rahmen auf dem Boden lagen.

»Da drinnen sieht es genauso aus wie bei dir zu Hause«, bemerkte Tim.

»Wir haben ja auch keine Putzfrau wie deine Eltern, du Schnösel!«

»Drei!«

»Was drei?«

»Wir haben drei Putzfrauen.«

»Warum nur drei? Warum nicht gleich fünf oder zehn?«

»Hatten wir, aber die standen sich ständig gegenseitig im Weg rum. Drei sind optimal, glaub mir. Ich befürchte allerdings, für die Unordnung hier wären drei wohl doch zu wenig.«

»Dann lass uns jetzt endlich da rein und nachschauen, was los war«, schlug Bob vor und drückte vorsichtig die angelehnte Terrassentür auf.

»Irgendwer hat hier irgendetwas gesucht«, erklärte Tim, als sie sich von ihrem Schreck erholt hatten.

»Aber wer? Und was?«

»Und vor allem warum?«, ergänzte Tim und hob einen Bilderrahmen auf.

Hinter dem gesprungenen Glas war das Foto eines kleinen Jungen in einer gehäkelten Badehose zu sehen. Der Junge war etwa drei oder vier und stand neben einem älteren Mann. Der Mann trug eine kurze weiße Hose und ein weißes T-Shirt. Keiner der beiden lächelte. Der Mann blickte ernst und streng, der Junge hatte die Lippen fest zusammengekniffen.

»Der erinnert mich an irgendwen.«

»Der Kleine oder der Große?«, fragte Bob.

»Der Kleine. Guck doch mal! Das ist doch der gleiche Blick wie bei dem Kamelreiter!«

»Könnte sein. Aber wer ist der Mann neben ihm?«

»Vielleicht sein Schwimmlehrer?«

Tim nahm das Bild aus dem Rahmen. Er faltete es und steckte es in die Tasche.

»Lass mal weiterschauen.« Bob ging voraus in die Küche. Auf dem Steinboden lagen die Scherben einer zerbrochenen Milchflasche, und in dem weißen See, der sich auf dem Boden gebildet hatte, schwammen eine aufgerissene Packung Toastbrot und der restliche Inhalt des Kühlschranks. Der stand offen und war leer, genau wie die anderen Schränke. Töpfe, Pfannen, Messer, Gabeln und Löffel lagen verstreut zwischen den Scherben der Porzellanteller, die über den ganzen Fußboden verteilt waren. Im Schlafzimmer bot sich ihnen ein ähnliches Bild. Auch hier hatte irgendwer alle Kleider, Handtücher und Bettlaken aus den Schubladen und Schrankfächern gerissen. Die Matratze war aufgeschlitzt, wie auch schon die Polster im Wohnzimmer, und der Teppichboden war mit Federn übersät, die aus den aufgerissenen Kissen und Bettdecken stammten.

»Die haben echt ganze Arbeit geleistet.« Tim pfiff anerkennend durch die Zähne. Doch in seinen Pfiff mischte sich noch ein anderes Geräusch: ein Stöhnen, das von der anderen Seite des Bettes kam.

KAPITEL ZEHN DIE BEGEGNUNG

Bob und Tim liefen schnell um das Bett herum, und da sahen sie ihn: Der Mann lag zusammengekrümmt auf dem Bettvorleger. Sein Gesicht sah aus wie ein rohes Steak, weil jemand ziemlich lange und ziemlich heftig darauf eingeprügelt haben musste. Seine Haut schillerte dunkelblaurot, und aus einer Platzwunde an der Stirn rann ihm Blut über die Wange. Trotzdem war die Ähnlichkeit mit dem Bademeister in der kurzen weißen Hose auf dem Foto, das Tim eingesteckt hatte, unverkennbar.

Bob und Tim packten den Mann an Armen und Beinen und legten ihn vorsichtig auf die aufgeschlitzte Matratze. Als sie ihn hochhoben, stöhnte er so laut, dass die Jungs ihn vor Schreck beinahe hätten fallen lassen.

»Wer hat Ihnen das angetan?«, fragte Tim.

»Weiß nicht ...«, nuschelte der Mann, der nur schlecht zu verstehen war, weil er bei dem Überfall ein paar Zähne verloren hatte. »Bist du das, Peter? Bist du das, mein Sohn?«

Mit der linken Hand griff der Mann nach Bob, der instinktiv einen Schritt zurückwich.

»Er hält dich für seinen Sohn!«, flüsterte Tim seinem Freund zu.

»Danke, aber das habe ich auch schon kapiert«, zischte Bob zurück.

»Es tut mir leid! Ich will, dass du weißt, dass es mir leidtut ...«, flüsterte der Mann.

»Was tut Ihnen ...«, sagte Bob. Doch bevor er weitersprechen konnte, gab Tim ihm einen Tritt. Es dauerte einen Moment, ehe Bob verstand.

»Was tut dir leid, Papa?«, korrigierte sich Bob.

»Du hast mich lange nicht mehr Papa genannt«, erwiderte der Bademeister, dem das Sprechen immer schwerer fiel. »Wie kommst du überhaupt hierher? Du hast mich seit Jahren nicht mehr besucht. Ich dachte, du wärst noch in Kokolunka. Von da hast du mir doch die Karte geschickt. Die, die du mit deinem neuen Namen unterschrieben hast: Professor Hazweio!« Bob und Tim wechselten einen kurzen Blick, dann sprach der Mann auch schon weiter. »Wo habe ich sie denn? Ich hab sie doch irgendwo ...« Der Mann wollte aufstehen, aber dazu war er viel zu schwach. Er gab den Versuch auf und ließ sich stöhnend zurück auf das zerrissene Kissen fallen. »Die wollten wissen, wo du bist. Aber ich habe nichts verraten. Jetzt weiß ich auch wieder, wo die Karte ist. Hab sie in kleine Stücke zerrissen und runtergeschluckt, damit sie sie nicht finden.«

»Welche sie?«, mischte sich Tim ein.

»Na, sie ...« Der Mann deutete mit seinem Kinn auf die verwüstete Einrichtung. Das Sprechen hatte ihn erschöpft. Mit der letzten Silbe schloss er die Augen und verlor das Bewusstsein. Von ihm würden die beiden Jungs für den Moment nichts mehr erfahren, das war klar.

»Kokolunka?« Bob blickte Tim fragend an. »Klingt nach einem neuen Til-Schweiger-Film.«

»Oder einer Insel irgendwo in der Südsee.«

Tim betrachtete den Bademeister auf dem Bett. Sein Atem ging immer flacher. Er sah wirklich nicht gut aus.

»Erst mal sollten wir einen Arzt rufen. Der Mann muss dringend medizinisch versorgt werden.« Tim holte den Kopfhörer aus der Tasche und stopfte ihn in sein rechtes Ohr. »Snyder! Sind Sie da irgendwo?«

»Natürlich bin ich da irgendwo, absolut blöde Frage!«, meldete sich der Top-Agent sofort. »Was ist los?«

»Wir haben hier einen Verletzten«, erklärte Tim. »Der braucht dringend Hilfe.«

Tim hörte ein Stöhnen in der Leitung.

»Was habt ihr denn jetzt schon wieder angestellt?! Habt ihr wieder versucht, Ravioli zu kochen?«

»Das waren wir nicht«, mischte sich Bob ein, der sich mit seinem Kopfhörer in das Gespräch eingeklickt hatte. »Der war schon halb tot, als wir hier ankamen.«

»Wer war es denn dann?«

»Keine Ahnung. Wir sind hier bei dem Vater von diesem Hazweio«, erklärte Tim. »Jedenfalls nehmen wir stark an, dass er es ist. Irgendwer hat ihn zusammengeschlagen, sieht wirklich übel aus.«

»Endlich mal eine gute Nachricht«, jubelte Snyder.

»Wie bitte?«, riefen Bob und Tim.

»Das bedeutet, dass ihr auf der richtigen Spur seid. Wartet, ich schicke gleich einen Krankenwagen vorbei. Habt ihr sonst noch was rausgefunden?«

»Im Keller ist auch nichts! Lass uns noch mal zu dem Alten. Vielleicht hat er sich in der Zwischenzeit überlegt, ob er nicht doch mit uns reden will. Falls nicht, machen wir ihn endgültig fertig und verschwinden!«

Die Stimme kam aus dem Flur. Bob zuckte erschrocken zusammen. Tim blieb ganz ruhig.

»Kein Grund zur Sorge! Das war nur der Krimi im Fernseher«, versuchte er seinen Freund zu beruhigen.

»Den habe ich vorhin ausgeschaltet«, erinnerte ihn Bob.

»Was ist denn da los bei euch?! Krieg ich vielleicht mal eine Antwort?«, mischte sich Snyder über die Kopfhörer ein.

»Wir haben ein Problem«, flüsterte Tim. »Die Typen, die den Vater von Hazweio so übel zugerichtet haben, sind noch im Haus. Und wenn wir uns nicht täuschen, kommen die gleich hier rein, um ihn endgültig zu erledigen. Und uns gleich mit!«

»Erste Agentenregel: Ruhe bewahren! Ihr habt doch den Atomisator, den Angela euch gegeben hat. Damit seid ihr absolut auf der sicheren Seite.«

»Den hätte ich glatt vergessen«, flüsterte Bob erleichtert. »Worauf wartest du noch, Tim?! Hol ihn raus!«

»Ich habe den nicht! Den hast du!«

»Du hast doch den Gullydeckel weggesprengt. Also musst du ihn haben!«

Tim suchte seine Taschen ab. Mehrmals, doch das Ergebnis war immer dasselbe.

»💣@⚡☠≢#↯! Ich glaub, den hab ich auf der Mauer vergessen. Als wir da rübergeklettert sind.«

»Du hast was?« Bob schrie so laut, dass Tim ihm die Hand auf den Mund legen musste, damit er sie nicht verriet.

Die Jungs hatten immer leiser gesprochen, weil die Stimmen aus dem Flur jetzt schon ganz nah waren. Im nächsten Moment drückte auch jemand von außen die Türklinke nach unten.

»Wir könnten ihnen die Erdmännchen-Marke zeigen«, flüsterte Bob. »Vielleicht gehören die auch zu unserem Verein.«

»Unwahrscheinlich! Ich schick euch Hilfe. Kann aber einen Moment dauern, also haltet durch!«, meldete sich Snyder.

Im selben Augenblick öffnete sich die Tür, und zwei Männer betraten den Raum. Bob und Tim gingen hinter dem Bett in Deckung und machten sich auf dem Bettvorleger so klein wie möglich. Über einen Spiegel, der an der Wand des Schlafzimmers hing und die Verwüstung unbeschadet überstanden hatte, beobachteten sie die Einbrecher: ein großer Schlanker und ein kleiner Stämmiger. Beide trugen olivfarbene Tarnuniformen, eine Sturmmaske und in ihren Händen automatische Pistolen.

»Was ist los?! Kommt schon, redet mit mir! Was geht da vor?«, forderte Snyder die Jungs über den Kopfhörer auf. Tim nahm den Stöpsel aus dem Ohr, weil ihn Snyders Zwischenrufe zunehmend nervten und er ihm sowieso nicht antworten konnte. Viel zu gefährlich. Bob tat es seinem Freund nach und ließ seinen Kopfhörer ebenfalls in seiner Tasche verschwinden.

»Und nun?« Bob hatte seine Frage in den Staub geschrieben, der fingerdick unter dem Bett lag.

»Boxen, schlagen, treten«, schrieb Tim zurück.

»Witzig. Die haben Pistolen«, notierte Bob, der nervös seine Hände verschränkte, um seine Knochen knacken zu lassen. Tim konnte ihn in letzter Sekunde davon abhalten, da das Knacken sie mit Sicherheit verraten hätte. Inzwischen hatte sich der Kleinere der beiden vermummten Männer dem Bett genähert. Er rüttelte den Bademeister grob an der Schulter und schrie ihn an: »Hey! Wake up! Wir noch nicht fertig sind mit dir! Los, wach auf!«

»Der hat es niemals allein zurück ins Bett geschafft. Nicht in dem Zustand. Something stinks.« Der Dünne sah sich misstrauisch im Zimmer um. »Hier ist irgendetwas faul.«

Genau in dem Moment trafen sich Tims und seine Augen im Spiegel, dann stand er auch schon über ihnen.

»Was wollt ihr denn hier? Get up!«

»Er sagt, dass wir aufstehen sollen«, übersetzte Tim, während er sich langsam erhob.

»Das habe ich verstanden, du Klugscheißer!«, brummte Bob.

Angesichts der Waffe in der Hand des Fremden hielten es beide für vernünftiger, der Bitte zu folgen. Was hatten sie sonst auch für eine Wahl? Ohne den Atomisator konnten sie nur hoffen, dass Snyders versprochene Hilfe hier eintreffen würde, ehe ihre Karriere beim S.W.A.P. auch schon wieder beendet sein würde.

»Für wen arbeitet ihr?«, fragte der Dünne mit einem schmierigen Lächeln auf den Lippen. »Egal, was sie euch zahlen, wir zahlen das Doppelte.«

»Das hab ich doch schon mal gehört«, stöhnte Bob.

»Der Satz muss in dem Lehrbuch für Agenten irgendwo ganz weit vorn stehen«, bemerkte Tim.

Für einen Augenblick war der Dünne verwirrt, dann hatte er sich wieder unter Kontrolle. Er hob seine Waffe und richtete sie auf Bob.

»Shut up! Euch werden eure Späße noch vergehen. Zuerst schieß ich einem von euch Komikern ins Knie, dann wird der andere schon reden. Ich hoffe nur, dass ich ihn bei den lauten Schmerzensschreien auch verstehen ...«

Achtung! Hinter dir!
Na, warte!
ZACK
Aargh!

HiHi
Hi Hi
POW
POW
POW
Ächz!
Stöhn!

KAPITEL ELF
ZURÜCK ZUM SCHACHT

»Respekt!«, sagte Bob, als das Mädchen ihr Schwert wieder wegsteckte.

»Weil ich euch aus der Patsche geholfen habe? Keine Ursache, war eh gerade zufällig hier in der Gegend«, erwiderte sie lässig und zeigte auf den bewusstlosen Bademeister. »Wer ist der Mann?«

»Der Vater eines gewissen Professor Hazweio«, erklärte Tim. »Nehmen wir zumindest an. Hazweio ist so ein ganz übler ...«

»Ich weiß, wer Professor Hazweio ist«, murmelte das Mädchen. »Hat der Mann euch noch irgendwas gesagt?«

»Kokolunka«, erwiderte Bob.

»Klingt wie ein neuer Film von Til Schweiger.«

»Hey! Das war auch meine erste Idee«, rief Bob begeistert.

»Echt?!« Das Mädchen lächelte ihn an. Es war das erste Mal, dass sie lächelte. Im nächsten Moment war das Lächeln aus ihrem Gesicht aber auch schon wieder verschwunden. »Ist nur ganz sicher nicht die richtige Antwort. Ich tippe eher auf eine Südseeinsel.«

»Das war auch meine Vermutung!«, rief Tim.

Jetzt lächelte sie Tim an, aber es war nicht ganz klar, ob es ein aufmunterndes oder eher mitleidiges Lächeln war.

Für einen Moment herrschte Schweigen, weil Bob und Tim nicht wussten, was sie sagen sollten – was selten vorkam –, und das Mädchen angestrengt nachdachte. Das konnten die beiden Jungs sehen, weil sich über ihrer Nase ein winziges Grübchen gebildet hatte.

»Ich hätte übrigens nicht gedacht, dass der S.W.A.P. tatsächlich so schnell Hilfe schickt«, sagte Tim nach einer Weile, nur um überhaupt etwas zu sagen.

»Ihr arbeitet für den S.W.A.P.?!« Das Mädchen grinste.

»Ja, aber erst ganz frisch. Wir haben Snyder aus dem Verkehr gezogen«, erklärte Bob, um ein bisschen anzugeben.

»Was habt ihr?«, fragte das Mädchen plötzlich ganz ernst.

»Keine Sorge, der hat nur ein paar Kratzer abbekommen«, beruhigte sie Bob.

»Zur Belohnung hat uns der S.W.A.P. zu Top-Agenten gemacht«, ergänzte Tim und zog lässig die Medaille mit dem Erdmännchen hervor. »Siehst du!«

Das Ninja-Mädchen fing an zu lachen.

»Was ist denn daran so lustig?«, fragte Bob verwirrt.

Das Mädchen holte den Atomisator aus einem schwarzen Beutel, den sie auf dem Rücken trug.

»Dann gehört der hier wahrscheinlich euch? Nur der S.W.A.P. verwendet die noch! Die Dinger sind total unzuverlässig.«

»Wo hast du den gefunden?«, fragte Bob erleichtert. Er hatte schon befürchtet, dass sie eine Verlustmeldung ausfüllen und die teure Waffe bezahlen müssten.

»Auf der Mauer. Als ich rübergeklettert bin«, erklärte das Mädchen und zielte erst auf Tim, dann auf Bob. »Für zwei Top-Agenten seid ihr viel zu leichtgläubig. Nur weil wir dieselben Feinde haben, heißt das noch lange nicht, dass ich euer Freund bin.«

»Aber ...« Weiter kam Tim nicht.

»Aber danke für den Kokolunka-Tipp«, unterbrach ihn das Mädchen und kramte aus dem Beutel eine riesige Sonnenbrille hervor, die sie sich auf die Nase setzte. Auf der Rückseite der Brillengläser konnten Bob und Tim eine spiegelverkehrte Weltkarte erkennen, auf der irgendwo in der Südsee ein Punkt aufleuchtete.

»Was stimmt denn nicht mit dem Atomisator?«, hakte Tim beunruhigt nach, weil das Mädchen den Lauf der Waffe immer noch zwischen ihm und Bob hin und her wandern ließ.

»Das mit dem Atomezerpflücken klappt meistens noch ganz gut. Nur beim Wiederzusammensetzen gibt es manchmal Probleme. Da ist das Bein nachher dort, wo der Arm sein sollte. Ist halt ein typisches S.W.A.P.-Produkt: Die geben Milliarden für ihre Suburb-Shuttles aus, aber bei den Kleinigkeiten wird gespart. Haben sie das mit der Sprachausgabe ihres S.W.A.P.-Books mittlerweile im Griff?«

Bob und Tim schüttelten nur den Kopf.

Als Bob und Tim zu sich kamen, lagen sie mitten auf dem Marktplatz einer kleinen Stadt. Über ihnen leuchteten die Sterne, und eine Kirchturmuhr schlug dreimal hintereinander. Abgesehen von einem herrenlosen Hund, der sie neugierig aus der Ferne beobachtete, waren sie allein.

»Bei mir scheint alles okay zu sein«, sagte Tim, nachdem er überprüft hatte, ob alle seine Glieder an der richtigen Stelle saßen. »Die Kleine hat mir echt Angst eingejagt. Wie sieht es bei dir aus?«

»Bis jetzt alles in Ordnung«, erwiderte Bob, der noch damit beschäftigt war, seinen Körper nach Fehlern abzutasten. »Alles da, wo es hinsoll. Zumindest äußerlich. Innerlich ist mir ziemlich übel. Vielleicht ist da drinnen irgendwas durcheinandergeraten.«

»Mir ist auch übel«, sagte Tim. »Das muss eine Nebenwirkung des Atomisierens sein. Wohin sie uns wohl geschossen hat?«

»Das werden wir gleich wissen.« Bob holte das S.W.A.P.-Book heraus und wischte auf dem Display herum. »Funktioniert nicht mehr. Das Ding scheint die Atomisierung auch nicht so gut überstanden zu haben.«

»Probiere es mit der Sprachsteuerung!«

»W O S I N D W I R?«

»Weit feln von ilgendwo, abel ganz nah an andelswo«, antwortete das Gerät geheimnisvoll.

»Dann bleibt uns wohl nur die Mumie«, sagte Tim. Er und Bob griffen in ihre Hosentaschen und holten die Kopfhörer heraus.

»Da seid ihr ja endlich wieder!«, schnarrte Snyders Stimme aus den Hörern. »Nicht dass ich mir Sorgen gemacht hätte, aber wo zur Hölle steckt ihr?«

»Schlafen Sie eigentlich nie?«, fragte Bob.

»Schlaf? Was ist das?«, blaffte Snyder.

»Keine Ahnung, wo wir stecken.« Tim sah sich um. »Hier ist ein großer Platz mit einem Brunnen in der Mitte, über uns sind Sterne, da vorne ist ein Hund, und gerade hat eine Glocke dreimal hintereinander geschlagen.«

»Absolut hilfreich«, knurrte Snyder unzufrieden. »Erzählt mir lieber, was überhaupt passiert ist! Als unsere Leute in dem Schwimmbad eingetroffen sind, waren da keine Einbrecher mehr!«

»War S.W.A.P. 0815 dabei?«, erkundigte sich Bob, der nebenbei versuchte, den Touchscreen wieder in Gang zu bringen.

»Warum?«, wollte Snyder wissen.

»Vielleicht war er im falschen Freibad«, sagte Tim.

»Unsinn! Ich habe den Einsatz über Video geleitet. Da war nur noch der Alte, und den haben wir gleich ins Krankenhaus gebracht.«

»Auch kein Mädchen?«, fragte Tim.

»Was denn für ein Mädchen?«

»So ein wunderschönes, etwa in unserem Alter«, erwiderte Bob, ohne von dem S.W.A.P.-Book aufzusehen.

»Na ja, wunderschön ist vielleicht etwas übertrieben, aber ganz hübsch war sie schon«, bemerkte Tim.

»Hören Sie nicht auf ihn! Sie war wunderschön, und sie hat ein bezauberndes Lächeln«, fuhr Bob fort.

»Und unseren Atomisator!«, ergänzte Tim.

Snyder stöhnte lauf auf, so als hätte ihm jemand einen sehr spitzen Gegenstand in den Hintern gerammt.

»Hatte euer Schätzchen so komische Ninja-Klamotten an?«

»Kennen Sie sie? Haben Sie ihre Telefonnummer? Die Kleine war echt süß«, sagte Bob.

»Und ob ich die kenne. Und die ist alles, aber absolut nicht süß. Das ist Hoka Hay.«

»Gehört sie zu uns? Ich meine, gehört sie wenigstens zu den Guten?«, hakte Tim nach, während Bob weiter an dem Touchscreen herumbastelte.

»Manchmal ja, manchmal nein. Das weiß man bei Hoka nie so genau. Ich hoffe nur, ihr habt nichts von eurem Auftrag verraten. Habt ihr doch nicht, oder?«

Bob und Tim sahen sich an, dann antworteten sie gleichzeitig: »Nein, natürlich nicht.«

»Das ist gut, das ist sehr gut. Habt ihr mit dem Bademeister sprechen können, ehe er bewusstlos wurde? Hat er noch irgendwas gesagt?«

»Ja, er hat Bob für seinen Sohn gehalten«, erwiderte Tim.

»Er hat geglaubt, ich wäre Hazweio«, erzählte Bob. »Und dass ich, also sein Sohn, eigentlich auf Kokolunka wäre.«

Bob und Tim machten sich auf den Weg und folgten dabei den Anweisungen des S.W.A.P.-Books, das sie zurück zu dem Schacht dirigierte, aus dem sie vor wenigen Stunden erst herausgestiegen waren. Das Laufen tat gut, und je weiter sie gingen, desto mehr verschwand auch ihre Übelkeit.

Als sie an dem Brunnen vorbeikamen, schaute Tim kurz in das Becken. Es war leer, und auch an den Wasserspeiern fand sich kein einziger Tropfen.

»Du hättest damals in der Zentrale was trinken sollen«, sagte Bob, als er Tims durstigen Blick bemerkte.

»Hätte, hätte, Fahrradkette«, erwiderte Tim genervt. »Was, glaubst du, haben die Männer gesucht, die plötzlich bei dem Bademeister aufgetaucht sind?«

»Dasselbe wie wir, schätze ich mal: Professor Hazweio«, erwiderte Bob und packte den Müsliriegel aus, den er sich eingesteckt hatte. »Auch ein Stück?«

»Danke nein, davon werde ich nur noch durstiger«, sagte Tim. »Ich glaube, sie haben etwas ganz anderes gesucht.«

»Was denn?«

»Wenn sie ihn stoppen wollten, hätten sie mit uns zusammenarbeiten können. Ich glaube, die sind hinter dieser Erfindung her, die das Wasser verschwinden lässt. Wer die hat, hat die ganze Welt in seiner Hand. Kein Wasser, kein Leben.«

Bob dachte einen Moment nach.

»Kann schon sein, aber welche Rolle spielt dann das Mädchen?«, fragte er schließlich und stopfte sich den Riegel in den Mund.

»Hoka Hay? Keine Ahnung, aber ich glaube, sie steht auf mich.«

»Wie kommst du denn darauf?« Bob verschluckte sich fast an seinem Riegel.

»Sie hätte mich auch nach Madagaskar schießen können mit unserem Atomisator! Aber nein, sie hat nur ganz sanft abgedrückt, weil sie kein Risiko eingehen wollte, dass mir etwas passiert«, erklärte Tim.

Bob lachte.

»Das ist überhaupt nicht komisch!«, sagte Tim.

»Da liegst du voll daneben! Sie wollte mich schonen, weil sie sich in mich verguckt hat. Das ist doch wohl klar!«

»Spinnst du? Mädchen stehen auf kluge Typen! Typen, die einen Plan haben.«

»›Wir sehen uns ein bisschen um‹«, ahmte Bob seinen Freund nach. »Toller Plan! Leider irrt sich *Big Brain* da gewaltig. Mädchen stehen eher auf Muskeln als auf Streber.«

Jetzt war es Tim, der lachte.

»Das glaubst auch nur du. Nur mit wahrem Genie punktest du bei den Ladys.«

Die beiden Jungs stritten den Rest des Weges, wen von beiden Hoka Hay besser fand. Snyder meldete sich nicht mehr, und so erreichten sie ungestört den Schacht, unter dem ihr Suburb-Shuttle parkte. Das Wohnmobil lag immer noch auf der Seite, und auch der Gullydeckel befand sich immer noch dort, wo Tim ihn hinatomisiert hatte: in der Einfahrt der Holzgroßhandlung.

Bob schlenderte hinüber und schnappte sich den Deckel. Dann kletterten die Jungs in das Loch, und Bob ließ den Gullydeckel von innen auf den Schacht gleiten, bevor sie die Stufen hinunterstiegen.

»Ich will nicht, dass sich da jemand verletzt«, erklärte er, als er Tims fragenden Blick sah. »Wir sind doch die Guten!«

Als sie an ihrem Shuttle ankamen, lag auf Bobs Sitz der Atomisator und auf Tims ein handgeschriebener Zettel.

KAPITEL ZWÖLF DIE SÜDSEE

Bob und Tim schwirrten Tausende von Fragen durch den Kopf, aber sie waren zu müde, um sich über Hazweio, Hoka Hay, die verschwundenen Einbrecher, den Bademeister, Snyder oder Angela Steel Gedanken zu machen. Kaum hatte sich das Verdeck ihres Suburb-Shuttles über ihnen geschlossen, waren die Jungs auch schon eingeschlafen. Sie spürten nicht einmal mehr, wie sich ihre Kapsel langsam in Bewegung setzte, um dann immer schneller und schneller durch den dunklen Schacht davonzusausen.

Um Bobs Mund lag während der ganzen Reise ein Lächeln, weil er von dem geheimnisvollen Ninja-Mädchen träumte, das in seinem Traum Hand in Hand mit ihm gegen eine ganze Armee von Fieslingen kämpfte. Eine Schlacht, die sie natürlich gewannen ... Aber nur, weil Bob das Mädchen in allerletzter Sekunde vor dem Oberfiesling hatte retten können.

Tims Traum war weitaus friedlicherer, machte ihn jedoch mindestens ebenso glücklich. Er träumte, dass ihm seine Eltern zum Geburtstag eine Limonadenfabrik geschenkt hätten und er Limo trinken durfte, so viel er nur wollte.

Als er aufwachte, war sein Durst noch größer als vorher.

Bob, der auf dem Sitz vor ihm saß, schlief noch. Das konnte Tim in den spiegelnden Armaturen des Shuttles erkennen. Was die vielen blinkenden Displays dort vorn anzeigten, wusste er nicht. Es interessierte ihn auch nicht. Das war Bobs Spezialgebiet.

Tims Spezialgebiet war das Pläneschmieden. Er dachte über eine Taktik nach, die über »sich ein bisschen umgucken« hinausging. Aber obwohl sein Ohrläppchen schon glühte, fiel ihm einfach nichts ein. Sein Gehirn fühlte sich ganz ausgetrocknet an, und das lag nicht nur daran, dass er so lange nichts getrunken hatte. Er wusste einfach nicht, wo sie anfangen sollten, wenn sie diese Insel in der Südsee erreicht haben würden. Tim holte das Foto von Hazweio und seinem Vater aus der Tasche. Er suchte nach Hinweisen. Nach irgendeiner Kleinigkeit auf dem Bild, die ihm bislang entgangen war. Aber das Foto zeigte nur einen kleinen, böse schauenden Jungen und einen Bademeister an einem kühlen Frühlingstag.

»Nicht doch, Hoka Hey! Lass das! Ich bin kitzelig!«, murmelte Bob im Schlaf.

Tim lächelte traurig und legte Bob beruhigend von hinten seine Hand auf den Oberarm.

Tim hatte vergessen, dass er die Kopfhörer noch in den Ohren trug und Snyder sich so jederzeit einklinken konnte. »Die Kleine entscheidet sich immer nur für sich selbst und niemals für jemand anders.«

Snyders Stimme klang viel sanfter als sonst. Fast schon verständnisvoll, wie Tim überrascht feststellte. So als besäße der Mann tatsächlich Gefühle.

»Woher kennen Sie das Mädchen?«

»Sie hat auch mal für uns gearbeitet. Eigentlich hat sie schon für jeden gearbeitet, weil jeder sie haben wollte. Sie ist einfach die Beste.«

»Besser als Sie?«

Snyder lachte nur.

»Was sollen wir tun, wenn wir in Kokolunka angekommen sind?«, wechselte Tim das Thema.

»Aussteigen, rausgehen und euch ein bisschen umgucken«, erklärte Snyder.

»Mehr haben Sie nicht zu bieten?«

»So mache ich das auch immer. So machen das alle. Und jetzt weck deinen Kumpel, ihr seid gleich da.«

»Snyder ...«

»Was denn noch?«, unterbrach ihn die Mumie ungeduldig.

»Ich wollte nur sagen, dass es uns leidtut. Also mir und dem Schnarcher da vorn im Cockpit tut es leid, was mit Ihnen passiert ist.«

»Schwamm drüber«, brummte Snyder. »In fünf Minuten seid ihr in Kokolunka.«

»Gibt es eigentlich auch Orte, die man mit dem Ding hier nicht erreichen kann?«

»Der Mount Everest ist heikel, wegen der Höhe. Und die Pole, aber wer will da schon hin?! Sonst fällt mir eigentlich absolut nichts ein. Und jetzt mach schon: In einer Viertelstunde will ich die ersten Ergebnisse sehen, und diesmal bitte, ohne dass dabei wieder irgendwer zu Schaden kommt. Ende und raus.«

Tim musste grinsen. So ein harter Knochen, wie er immer tat, war dieser Snyder gar nicht.

»Aufwachen! Komm schon, wach auf.« Tim rüttelte Bob von hinten an der Schulter. »Wir sind gleich da!«

»Lass mich, Hoka Hay! Lass mich noch schlafen«, brummelte Bob.

»Hier ist nicht Hoka Hay. Hier ist Snyder, die Mumie!«, flüsterte Tim.

Erschrocken fuhr Bob von seinem Sitz auf und drehte sich um. Es dauerte einen Augenblick, bis er merkte, dass dort nur sein Freund saß.

»Musst du mich so erschrecken?«

»Wen hast du sonst erwartet?« Tim betrachtete Bob amüsiert. »Hoka Hay?«

»Wie kommst du denn auf so einen Quatsch?!«

»Weil du im Schlaf von ihr geredet hast.«

Sie hätten ewig so weitergemacht, wenn ihr Shuttle nicht im selben Moment ihr Ziel erreicht hätte.

Das Verdeck über ihnen öffnete sich automatisch und gab den Weg frei zu einer Strickleiter, die aus Lianen geknüpft war. Bob legte den Kopf in den Nacken und sah nach oben. Der Schacht endete etwa zwanzig Meter über ihnen unter einer Abdeckung aus geflochtenem Bambus. Die Schachtwände waren aus Holz, und von oben rieselte ihm Sand entgegen.

»Irgendeinen Plan, *Big Brain*?«, fragte Bob, als er sich zu Tim umdrehte.

»Wir machen es genau so, wie Snyder es machen würde.«

»Und wie würde er es machen?«

»Rausgehen und sich ein bisschen umgucken«, erklärte Tim und griff nach der Leiter. »Und ehe du jetzt wieder anfängst zu motzen, steige ich diesmal als Erster rauf.«

Tim wollte nach dem Atomisator greifen, aber Bob war schneller.

»Nur damit du ihn nicht wieder irgendwo liegen lässt«, sagte Bob und steckte ihn sich in den Hosenbund.

»Was ist da los?«, knurrte Snyder.

»Hier sind Leute!«, flüsterte Tim leise, als er sich aus dem Schacht auf den Strand zog.

»Was denn für Leute?«, hakte Snyder nach.

»Wir melden uns später wieder«, raunte Bob, weil ihnen die Männer mit den stumpfen Seiten ihrer Speere in die Seite piksten. Den halb nackten Kriegern schien nicht zu gefallen, dass die beiden sich unterhielten. Mit wem auch immer. Sie gaben Bob und Tim ein

Zeichen, ihnen zu folgen. Die Hälfte der Männer ging vor ihnen, die andere hinter ihnen. Sie führten sie zu einem Pfad, der sich durch einen Palmenwald am Rande des Strandes schlängelte.

»Können Sie mich hören, Snyder?«, flüsterte Tim. »Hier sind Kannibalen oder so was Ähnliches.«

»Die wollen uns fressen«, mischte sich Bob ein und kassierte dafür einen weiteren schmerzhaften Stoß mit der stumpfen Seite eines Speeres.

»Ihr müsst sie beeindrucken. Das sind bloß harmlose Wilde. Wenn ihr ein bisschen Glück habt, machen sie euch zu euren Göttern«, riet Snyder. »Und wenn das nicht hilft, dann müsst ihr ...«

Die Verbindung war unterbrochen und in den Kopfhörern der Jungs nur noch ein knisterndes Rauschen zu hören.

»Das sprechende S.W.A.P.-Book«, flüsterte Tim Bob zu. »Das wird sie umhauen!«

»Warum nicht gleich den Atomisator?«

»Was glaubst du, was passiert, wenn du hier plötzlich eine Waffe ziehst?«

»Überzeugt. Aber was soll ich denn sagen?«

»Egal, die verstehen doch sowieso kein Wort! Sag einfach irgendwas.«

Bob nickte nur, griff ganz langsam in seine Tasche und holte in Zeitlupentempo das S.W.A.P.-Book hervor, um die Eingeborenen nicht unnötig zu erschrecken. Er hielt es hoch über seinen Kopf, als wäre es ein wertvolles Heiligtum. Die Männer, die sie eskortierten, blieben stehen und starrten ihn neugierig an.

Bob zögerte seine Frage an das S.W.A.P.-Book noch einen Moment heraus. Zum einen, um die Spannung zu steigern, zum anderen, weil ihm einfach nichts Vernünftiges einfiel. Erst als Tim sich einmal laut räusperte, sagte Bob endlich: »Wie viele Teile von *Star Wars* werden noch gedreht?«

Tim sah seinen Freund entsetzt an, doch Bob zuckte nur die Schultern, was wohl heißen sollte: Denk dir was Besseres aus, und außerdem wollte ich das sowieso schon lange wissen.

»Noch vielvielzuviele, denn del Weg zul Unendlichkeit ist weit und schwel«, antwortete das Gerät.

Die Reaktion der Krieger war anders, als Bob und Tim erwartet hatten. Niemand warf sich vor ihnen auf die Knie, um sie als Gottheiten anzubeten. Im Gegenteil, die meisten der Männer fingen an zu lachen. Sie konnten sich gar nicht mehr einkriegen, und erst als Bob wütend den Atomisator zücken wollte, wurden die Männer mit einem Schlag wieder ernst und richteten ihre Speere auf ihn. Nur einer zog aus einer Tasche in seinem Lendenschurz ein Smartphone der allerneusten Generation hervor und sprach hinein: »Hallo, Chef. Wir haben die beiden eingesammelt. In fünf Minuten sind wir da. Sie können den Kessel schon mal anheizen.«

Bei seinem letzten Satz sah er die Jungs an und grinste. Bob und Tim waren sich nicht sicher, ob das mit dem Kessel ein Scherz gewesen war. Vielleicht, vielleicht auch nicht. In den letzten Stunden waren sie in so viele haarsträubende Situationen geraten, dass sie sich durchaus vorstellen konnten, in die Hände moderner Kannibalen gefallen zu sein.

»Von wegen: Die machen euch zu euren Göttern«, bemerkte Bob leise.

»Das war Snyders Idee, nicht meine!«, zischte Tim.

»Völlig egal, wessen Idee das war. Wir stecken jedenfalls ziemlich in der Klemme.«

»Und bald schon im Kessel.« Tim stieß Bob in die Seite. »Komm, lass den Kopf nicht hängen! Das hier ist auch nicht schlimmer als in dem Schlafzimmer dieses Bademeisters.«

»Meinst du, sie holt uns wieder hier raus?«

»Würd ich mich nicht drauf verlassen«, flüsterte Tim zurück, der sofort wusste, wen sein Freund mit »sie« gemeint hatte. »Aber kennst du den schon?« Tim sprach jetzt lauter, um ihre Bewacher etwas aus der Reserve zu locken. »Fressen zwei Kannibalen einen Clown. Sagt der eine: Schmeckt irgendwie komisch.«

Keiner der Krieger lachte, nicht einmal ein unterdrücktes Kichern war zu hören.

»Den kannten die bestimmt schon«, bemerkte Tim achselzuckend. »So neu ist er ja nicht. Aber wenigstens du hättest mal lachen können.«

»Mir ist gerade so gar nicht nach Lachen zumute«, erwiderte Bob und verschränkte vor Anspannung die Hände, um seine Knochen knacken zu lassen.

»Keine Sorge«, versuchte Tim seinen Freund zu beruhigen. »Kannibalen gibt es schon seit zwei Jahrhunderten nicht mehr. Also mach dir mal nicht ins Hemd.«

»Bist du dir sicher?«

»So ziemlich.«

»So ziemlich ist so ziemlich das Gegenteil von sicher. Danke, ich fühl mich jetzt schon viel sicherer.«

»Keine Ursache. Man tut, was man kann.«

»Zum Beispiel mal die Klappe halten«, fauchte Bob, der immer wieder über die Schulter blickte, weil er insgeheim hoffte, dass Hoka Hay an einer Liane schwingend erneut zu ihrer Rettung auftauchen würde.

Tim tat so, als würde er sich mit einem Schlüssel den Mund verschließen und den Schlüssel danach über die Schulter in den Urwald schmeißen. Den Rest des Weges schwiegen die Jungs.

KAPITEL DREIZEHN
UNTER WASSER

Ein Kessel war nirgends zu sehen, und in dem Anzug sah der Mann auch nicht aus wie ein Kannibalenkönig. Eher wie ein sizilianischer Mafiaboss. Tim war sich nicht sicher, was besser für sie war. Auf einem Tisch neben dem Mann stand ein großer Krug mit Wasser. Tim musste die ganze Zeit auf die Eiswürfel starren, die durch das Glas glitzerten. Er überlegte, ob es sinnvoll wäre, die Dienstmarke des S.W.A.P. vorzuzeigen, entschied sich aber dagegen. Erst einmal wollte er abwarten, wie sich die Dinge entwickelten.

Bob sah sich um. Das Dorf, in das man sie gebracht hatte, lag am Strand, direkt am Rand des Palmenwaldes, und bestand aus etwa zwanzig Hütten, die alle aus Bambusstangen gebaut waren. Die Türen standen weit offen, und hinter einigen hockten kleine Kinder, die das Geschehen auf dem Dorfplatz neugierig beobachteten, bis sie von ihren Müttern in die Hütten gezerrt wurden.

»Ich hoffe, meine Krieger haben euch keinen Schrecken eingejagt?«, erkundigte sich der fette Mann besorgt. »Sie sollten nur ein bisschen auf euch aufpassen, damit ihr euch nicht verlauft.«

»Und wer sind Sie?«, fragte Tim unbeeindruckt.

»Oh, wie überaus unhöflich von mir. Ich habe mich gar nicht vorgestellt. Mein Name ist König Tupua IV. Meine Familie regiert diese kleine Insel, seit es sie gibt. Früher lebten wir hier vom Verkauf der Kokosnüsse. Heute vor allem vom Tourismus.« Der König deutete auf die Krieger, die immer noch hinter Bob und Tim standen. Wenn sie auch nur einen kleinen Schritt nach hinten machten, spürten Bob und Tim, wie die Speerspitzen in ihren Rücken piksten.

»Meine Männer kommen gerade von einem Folkloreauftritt auf der anderen Seite der Insel. Da hatte ein Kreuzfahrtschiff angelegt, und sie haben ein bisschen Show gemacht für die Touristen. Die lieben so was. Sie hätten sich auch schon längst wieder umgezogen, wenn der Weg zum Wasser in den letzten Wochen nicht so weit geworden wäre. Wir werden wohl bald eine Eisenbahn bauen müssen.«

»Dann ist die Katastrophe also auch schon bei Ihnen angekommen?«, fragte Tim.

»Was denn für eine Katastrophe?«, fragte der König und sah die Jungs verständnislos an. »Ist doch alles wunderbar! Jahrelang hat man uns erzählt, dass unsere wunderschöne Insel wegen der Erderwärmung schon bald in den Fluten des Pazifiks versinken würde. Und nun? Mein Königreich wird von Tag zu Tag größer!«

Der König lächelte zufrieden, und seine Krieger schlugen vor Begeisterung scheppernd ihre Speere gegeneinander.

»Wissen Sie auch, wem Sie das zu verdanken haben?«, fragte Tim vorsichtig.

»Aber gewiss doch: Professor Hazweio. Ein netter Mensch«, antwortete der König.

»Wir sollen den nämlich …«, begann Bob, aber Tim unterbrach ihn.

»Wir sollen den nämlich schön grüßen, wenn wir ihn sehen«, vollendete er den Satz seines Freundes.

 »Leider, leider hatte ich erst ein Mal die Gelegenheit, ihn persönlich zu treffen. Er hat hier Urlaub gemacht und sogar eine Ansichtskarte an seinen Vater geschrieben. Obwohl ich glaube, er mag seinen Vater nicht. Aber wer tut das schon? Ich mochte meinen Vater Tupua III. auch nicht – ein furchtbar egoistischer, verfressener und fauler Mensch, der seine armen Untertanen …«

»Wissen Sie, wo wir Hazweio finden können?«, fiel Tim dem Inselkönig ins Wort. Ihn interessierte der Professor mehr als die schlechten Eigenschaften von König Tupuas Vater.

»Aber selbstverständlich!« Mit einer feierlichen Geste zog Tupua IV. einen Umschlag aus der Innentasche seines Anzugs. »Ich habe eine Einladung von ihm erhalten. Nach Venedig! Dort gibt er morgen ein rauschendes Fest für alle seine Freunde und Unterstützer, und ich bin dabei.«

Der König strahlte vor Stolz.

»Und wie wollen Sie da hinkommen, wenn das Fest schon morgen stattfinden soll?«, erkundigte sich Bob.

»Wo ein Meer ist, ist auch ein Kanu«, erklärte der fette König und grinste. »Altes Sprichwort in Kokolunka. Aber sagt: Was kann ich für euch tun? Kokolunka ist in der ganzen Welt bekannt für seine Gastfreundschaft! Ihr könnt mich alles fragen, was ihr wissen wollt.«

Auf dem Handy des Königs ging eine Nachricht ein. Anscheinend eine gute, denn als er von seinem Display aufschaute, lächelte er noch zufriedener als vorher.
»Hab ich es nicht gesagt?! Wo ein Meer ist, ist auch ein Kanu«, erklärte Tupua IV. »Altes kokolunkaisches Sprichwort. Genau wie: Dein Kanu ist mein Kanu!«

Das Grinsen, mit dem er sie jetzt ansah, gefiel Bob nicht. Tim hoffte auf einen Zwischenruf der Mumie, die ihnen sagen würde, was sie tun sollten. Aber die Verbindung war immer noch unterbrochen, und abgesehen von einem Rauschen war die Leitung toter als ein entlarvter Doppelagent.

»Und wisst ihr was? Heute ist euer Glückstag. Ich schenke euch zwei von den Taucheranzügen, die wir sonst an Touristen verleihen. Meine Leute rudern euch raus, dann müsst ihr nur noch ins Wasser hüpfen und abtauchen.«

Der fette König klatschte zweimal in die Hände, und sofort machten sich drei seiner Männer im Laufschritt auf den Weg. Kurz darauf waren sie auch schon wieder zurück und hatten zwei Neoprenanzüge, Taucherbrillen und Sauerstoffflaschen dabei.

»Bist du schon mal getaucht?«, flüsterte Tim seinem Freund zu.

»Ja, in der Badewanne. Und du?«, zischte Bob zurück.

»Ein Mal, im Urlaub mit meinen Eltern. Ist schon ein paar Jahre her.«

»Und, wie war's?«

»Nass! Sehr nass!«

»Na, wenigstens das könnte sich ja bald erledigt haben, wenn wir Hazweio nicht stoppen«, brummte Bob.

Der Stoß eines Speerschaftes brachte sie wieder zum Schweigen, weil König Tupua IV. sich von ihnen verabschieden wollte.

»Es war schön, mit euch zu plaudern, doch jetzt muss ich mich umziehen, wenn ich es pünktlich nach Venedig schaffen will.« Die drei Frauen, die ihm mit den Palmwedeln frische Luft zugefächelt und ihm den Schweiß von der Stirn gewischt hatten, mussten den fetten König stützen, als er aufstand. Kurz bevor er in seiner Hütte verschwand, drehte er sich noch einmal um.

»Wie unhöflich von mir! Ich habe euch gar nichts zu trinken angeboten! Aber dazu ist es jetzt wohl leider zu spät. Viel Glück!«

Dabei winkte er huldvoll mit seinem Kokosnussklobürstenzepter, um sich dann endgültig zurückzuziehen und damit die Audienz offiziell zu beenden.

Keiner der Krieger half den Jungs beim Tragen ihrer Ausrüstung, als sie die zwei zum Strand begleiteten. Es war ein langer Weg, weil sich der Wasserspiegel in den letzten Stunden noch weiter gesenkt hatte. Am Rand des Meeres lag ein Einbaum mit einem Ausleger. Die Männer warteten schweigend, bis sich die beiden Freunde in ihre Taucheranzüge gezwängt hatten. Dann wiesen sie mit einer Handbewegung auf das Boot. Bob und Tim kletterten hintereinander an Bord, was mit den Schwimmflossen an den Füßen und der schweren Sauerstoffflasche in der Hand gar nicht so einfach war. Kaum saßen sie in dem wackeligen Kanu, als zwei von Tupuas Kriegern ebenfalls hineinsprangen und nach den Paddeln griffen.

Mit wenigen kräftigen Schlägen trieben sie das Boot aufs Meer hinaus.

»Schon mal überlegt, was ihr euch für ein Hobby sucht, wenn das ganze Wasser weg ist?«, sagte Tim, um ein Gespräch in Gang zu bringen.

»Dann bräuchtet ihr so ein Rudergerät für den Keller«, ergänzte Bob.

»Du hast die Hütten doch gesehen! Die haben gar keinen Keller. Ist alles auf Sand gebaut hier.«

»Dann wird das mit dem Rudern wohl im Sande verlaufen.«

Die Männer taten, als würden sie nicht verstehen, was die Jungs sagten. Vielleicht hatten sie auch einfach nur keine Lust, sich provozieren zu lassen. Selbst als Bob seine Fingerknochen knacken ließ, verzogen die Krieger keine Miene und paddelten schweigend weiter. Dann stoppten sie ihr Kanu plötzlich.

Schweigend zeigte einer der Männer in die Tiefe des Meeres, um den Jungs zu signalisieren, dass sie angekommen waren.

Unter der Wasseroberfläche war die verlassene Anlage, die etwa fünf bis zehn Meter unter Wasser lag, gut zu erkennen. Tim zählte mindestens drei gläserne Bauten, die von oben wie halbierte Fußbälle aussahen und durch drei gläserne Röhren miteinander verbunden waren.

Jetzt zeigte auch der zweite Ruderer ungeduldig in die Tiefe. Er schien es gar nicht erwarten zu können, dass die Jungs sein Boot endlich verließen.

»Ihr zwei wartet doch hier auf uns, oder?«, fragte Bob.

Die Ruderer nickten und grinsten dabei. Bob wusste nicht, ob er ihnen trauen konnte.

»Kannst du damit umgehen?« Tim deutete auf das Mundstück der Sauerstoffflasche.

»Die Flasche kommt auf den Rücken und das Mundstück ... lass mich raten: Das steck ich mir in den Hintern!« Bob sah Tim mitleidig an. »Natürlich kann ich damit umgehen. So kompliziert ist das ja wohl nicht. Die einzige Sorge, die ich habe, ist, ob sich in den Flaschen auch wirklich Sauerstoff befindet oder nicht wieder irgendein anderes Zeug. Lachgas zum Beispiel.«

»No risk, no fun«, erwiderte Tim, während er seine Tauchermaske aufsetzte.

»Schätze, du hast recht.«

»Ich habe immer recht!«

Die Jungs schnallten sich ihre Flaschen auf den Rücken und hockten sich an den Bootsrand, um sich darauf vorzubereiten, in die Tiefen des Ozeans abzutauchen. Tim hielt seine Hand mit gespreizten Fingern in die Höhe, um einen Countdown herunterzuzählen. Als er bei zwei angekommen war, traten ihnen die beiden Ruderer in den Hintern, sodass die beiden Jungs kopfüber ins Wasser stürzten.

KAPITEL VIERZEHN UNTER DELFINEN

»Und was machen wir jetzt?«, fragte Bob, als das Kanu mit den Männern verschwunden war.

»Wenn wir schon mal hier sind, können wir auch ein bisschen tauchen gehen und uns umsehen«, antwortete Tim.

»Toller Plan!«

»Finde ich auch!«

»Meinst du, hier gibt es Haie?« Bob sah sich nach allen Seiten um, konnte auf dem Wasser aber nirgendwo eine dreieckige Flosse entdecken.

»Glaub ich nicht. Und wenn, können wir das S.W.A.P.-Book um Hilfe fragen«, schlug Tim vor.

»Geht nicht«, erwiderte Bob.

»Ich weiß, dass das Ding nicht funktioniert. Aber vielleicht ...«

»Das geht nicht, weil es in meiner Hose steckt.«

»Und wo ist deine Hose?«

»Die liegt am Strand.«

»Und der Atomisator?«

»Der ist da, wo die Hose ist.«

»☠@⚡☠≡#†!«

Plötzlich fing Bob an zu lachen.

»Was, bitte, ist daran jetzt so komisch?«, fuhr Tim ihn an.

»Das war ein Scherz. Ich habe dich verarscht. Den Atomisator habe ich hier.« Bob klopfte mit seiner Hand auf eine Ausbeulung in seinem Taucheranzug. »Ich weiß aber nicht, ob der unter Wasser überhaupt funktioniert.«

»Idiot«, murmelte Tim.

»Das S.W.A.P.-Book ist allerdings wirklich weg«, erwiderte Bob.

»Die Verlustmeldung schreibst du!«

»Wie denn? So ganz ohne S.W.A.P.-Book? Da sind doch die ganzen Formulare drauf.« Bob grinste.

»Wo du recht hast, hast du recht!« Tim grinste zurück. »Komm, lass uns tauchen. Vielleicht finden wir da unten irgendeinen Hinweis, was Hazweio hier gesucht hat.«

Obwohl Tim schon einmal im Urlaub mit seinen Eltern getaucht war, stellte sich Bob deutlich geschickter an. Er hatte es schnell raus, im richtigen Rhythmus mit den Flossen zu schlagen, und auch das Atmen durch das Mundstück, das mit der Sauerstoffflasche verbunden war, bereitete ihm keine Mühe. Tim musste sich anstrengen, seinen Freund unter Wasser nicht aus den Augen zu verlieren. Weil der Meeresspiegel in den letzten Wochen ein gutes Stück gesunken war, brauchten sie gar nicht tief zu tauchen, um die alte Unterwasserstation zu erreichen.

Bob schwamm seinem Freund hinterher, der sich bereits aufmachte, die Anlage zu umrunden. Begleitet wurden sie von einem Schwarm Fische, der immer größer wurde. Darunter viele bunte Exemplare, die in allen Farben des Regenbogens schillerten.

»Scheint sonst nicht viel los zu sein, wenn wir hier die Hauptattraktion sind«, bemerkte Bob über ihre Kopfhörer und streckte seine Hand aus, um die Fische anzulocken. Tatsächlich näherten sich ein paar bunte Barsche und knabberten mutig an seinen Fingern.

»Vielleicht wurden die früher hier gefüttert und sind deswegen so zutraulich«, bemerkte Tim, der immer noch nach einem Eingang suchte.

»Oder das sind von den Amis speziell gezüchtete Killerfische, die nur auf einen Befehl warten, um sich auf uns zu stürzen. So richtige Wächterfische! Könnte doch sein, oder?«

»Du hast zu viele schlechte Abenteuerromane gelesen.«

»Ich lese keine Bücher«, erwiderte Bob beleidigt. »Aber ich habe das mal in einem Film gesehen. Da war es genauso!«

Tim seufzte nur und startete mit ein paar kräftigen Schlägen seiner Flossen eine zweite Umrundung der Station. Bob folgte ihm, und ihm folgte der Fischschwarm wie ein treuer Hund, der seinem Herrchen hinterhertrottet.

Plötzlich stoppte Tim und deutete mit seiner Hand auf eine Öffnung, die sie bei ihrer ersten Tour übersehen hatten, weil der Einstieg in die Schleuse fast vollständig von Algen und Korallen überwuchert war.

Bob und Tim schwammen auf die Öffnung zu. Der Schleusendeckel lag auf dem Meeresgrund vor dem Eingang, und die Schleusentür dahinter hing auch nur noch lose in den Angeln. Das Wasser, das die Station geflutet hatte, musste vor allem hier hereingekommen sein.

»Mir gefällt die Sache nicht!« Bob äugte misstrauisch in die Schleuse und den dahinterliegenden Raum. Auch die Fische, die ihn begleitet hatten, hielten respektvoll Abstand.

»Ach was! Wir wollten uns doch umsehen, oder?« Tim schwamm voraus in den Schleusenbereich. »No risk, no fun. Wobei ich wirklich nicht weiß, wo hier überhaupt ein Risiko sein sollte. Also mach dir mal nicht in den Taucheranzug und verabschiede dich von deinen schuppigen Freunden!«

Ohne auf Bobs Reaktion zu warten, schwamm Tim weiter in die Station hinein. Als er merkte, dass Bob ihm nicht folgte, drehte er sich um. »Was ist?«

Bob wartete noch einen weiteren Moment, dann folgte er Tim endlich. Wohl war ihm dabei nicht.

Direkt hinter der Tür lag ein Raum, der früher einmal so etwas Ähnliches wie die Schaltzentrale gewesen sein musste. Überall standen Schreibtische herum, auf denen sich Korallen und Muscheln angesiedelt hatten, und an einer Wand hing eine riesige Anzeigetafel,

die die Jungs schon von draußen gesehen hatten. Nun war es der neugierige Fischschwarm, der von außen gebannt durch die Scheibe schaute. Keines der Tiere war ihnen in die Station gefolgt.

»Was, meinst du, haben die Amis hier gemacht?«, fragte Bob.

»Keine Ahnung! Ich nehme an, Unterwasserbeobachtung. Vielleicht haben sie nach Atom-U-Booten der Russen geforscht.«

»Und was wollte dann der Professor hier unten?«

»Keinen blassen Schimmer«, antwortete Tim ehrlich und griff nach einem Aktenordner, der auf einem der Tische lag. Als er ihn hochhob, löste sich das Papier darin in eine schlammige Flüssigkeit auf, die träge zu Boden sank. Bob hackte zum Spaß auf der Tastatur eines Computers herum, aber bis auf einen winzigen Krebs, der erschrocken unter der Enter-Taste hervorgekrabbelt kam, passierte gar nichts. Das Wasser hatte die Elektronik der Rechner schon vor Jahren außer Gefecht gesetzt.

Tim schwamm voraus und auf eine der Röhren zu, die die drei Kuppeln miteinander verbanden. Der große Raum, in dem sie landeten, musste der Aufenthaltsraum der Mannschaft gewesen sein. Es gab eine kleine Theke, hinter der eine Küche zu erkennen war. Davor standen drei Tische, um die jeweils vier Stühle gruppiert waren. Auch hier war alles von Korallen überwachsen. Der Schwarm war ihnen außerhalb der Station gefolgt und glotzte sie von der anderen Seite der Scheibe aus an, so als warteten die Fische auf ein besonderes Spektakel, das sie auf keinen Fall verpassen wollten.

»Hier müssen mindestens zwölf Leute gelebt haben«, sagte Tim und zeigte auf den Tisch und die Stühle.

»Jetzt weiß ich endlich, warum man dich *Big Brain* nennt. Das habe ich mich schon immer gefragt!« Bob grinste. »Drei mal vier kann sogar ich im Kopf ausrechnen.«

»Sicher?«

Statt seinem Freund zu antworten, tauchte Bob durch eine weitere Röhre in die dritte Kuppel der Anlage, von der wiederum eine andere Röhre zurück zur Schaltzentrale und zur Schleuse führte.

In dem Schlafraum standen zwölf Betten nebeneinander, die nur durch schmale Schränke voneinander getrennt waren. Tim öffnete einen der Spinde, aber was auch immer darin gewesen sein mochte, hatte sich aufgelöst, oder sein Besitzer hatte es mitgenommen, als er und seine Kollegen die Station verlassen hatten. Auch hier keine Spuren von Hazweio.

Bob schwamm zur Scheibe, hinter der die Fische in der Strömung leicht hin und her gewiegt wurden. Er streckte wieder seine Hand aus, und ein paar Barsche näherten sich ihm, auch wenn sie seine Finger wegen der Glasscheibe nicht berühren konnten.

Als hätten die Fische Tim verstanden, stoben sie von der Scheibe davon und zogen sich in den Schwarm zurück.

Erst als Bob sich umdrehte, erkannte er, dass es nicht Tims Bemerkung gewesen war, die ihre Flucht ausgelöst hatte. Vier Delfine schwammen durch eine der Röhren direkt auf sie zu.

»Guck mal, Delfine! Cool!!!«, schwärmte Bob, der noch nie in seinem Leben echte Delfine gesehen hatte.

»Stimmt, die sind ganz nett«, erwiderte Tim abgeklärt. Er hatte mit seinen Eltern bereits an zwei Whale-Watching-Touren teilgenommen. Einmal in Island und einmal in Australien, aber beide Male hatten sie weder einen Wal noch einen Delfin gesehen. Das Einzige, was ihnen begegnet war, waren ein flügellahmer Albatros und eine verirrte Wasserschildkröte gewesen.

»Magst du keine Delfine? Jeder mag Delfine!«, sagte Bob.

»Geht so«, erwiderte Tim.

»Ich mag Delfine.«

»Du magst ja auch Fische.«

»Delfine sind keine Fische. Das sind Säugetiere!«

»Bist du jetzt hier der Klugscheißer oder ich?«

»Entschuldige, soll nicht wieder vorkommen.«

»Darum möchte ich auch sehr gebeten haben!«

Zwei der Delfine umkreisten Tim, die beiden anderen schwammen auf Bob zu, der seine Hand ausstreckte, wie er es vorhin schon bei den Fischen getan hatte. Die Delfine blickten ihn aus ihren schwarzen Augen und mit leicht geöffneter Schnauze an. Bob konnte die Reihen der spitzen Zähne sehen, die sich wie Sägeblätter oben und unten in ihrem länglichen Schnabel befanden.

»Was sind das für welche?«, fragte Bob, der mal gelesen hatte, dass es furchtbar viele verschiedene Arten gab.

Ehe Tim die korrekte Antwort geben konnte, gingen die Delfine zum Angriff über. Mit ihren Schwanzflossen nahmen sie Fahrt auf und knallten ihre Schnäbel wie Torpedos in Tims Bauch. Bob konnte in letzter Sekunde seine Hand zurückziehen, als einer der Delfine nach seinem Finger schnappte, während der andere ihm gleichzeitig seinen Schnabel in die Seite rammte.

Kapitel Fünfzehn Schicht im Schacht

»Ich wusste, warum ich die Viecher nicht mag! Tu irgendwas! Aber tu es schnell«, keuchte Tim, der verzweifelt versuchte, den nächsten Angriff der Delfine abzuwehren. Die Tiere drängten ihn in die Ecke der Kuppel, die am weitesten von den Röhren entfernt war, durch die sie mit etwas Glück hätten flüchten können.

»Keine Sorge, das haben wir gleich. *Die Faust* schlägt zurück, wirst schon sehen«, stöhnte Bob, als er nach dem Schlag in den Magen wieder halbwegs Luft bekam. Er versuchte, an den Atomisator heranzukommen, den er unter seinem Taucheranzug trug. Aber das war nicht so einfach, weil er gleichzeitig beide Hände brauchte, um weitere Schnabelstöße abzuwehren. Aus den Augenwinkeln sah er, wie die Delfine, die Tim attackierten, ihre Angriffe auf die Verbindung zwischen der Sauerstoffflasche und dem Mundstück konzentrierten. Das war kein normales Verhalten. Das hatte ihnen irgendjemand beigebracht, da war sich Bob sicher.

»Tu doch was!«, brüllte Tim panisch.

»Tu ich doch!«, brüllte Bob zurück, der endlich den Atomisator in der Hand hielt.

Als einer der Delfine erneut durch das Wasser auf ihn zuraste, schloss er die Augen und drückte ab.

Nichts geschah, abgesehen davon, dass eine Leuchtanzeige an der Seite der Waffe von Grün auf Gelb sprang und der Delfin Bob mit voller Wucht an der Schulter erwischte. Bob drückte auf Dauerfeuer, doch das einzige sichtbare Ergebnis war, dass die Diode auf Rot wechselte.

»Das Mistding funktioniert hier unten nicht!«, rief er. »Pass auf! Hinter dir!«

Einer der Delfine war hinter Tim geschwommen und schnappte mit seinen scharfen Zähnen nach dem dünnen Schlauch, der Tim mit dem lebensnotwendigen Sauerstoff versorgte. In letzter Sekunde konnte Tim sich ducken, und der Angriff ging ins Leere.

Bob dachte angestrengt nach, während Tim sich bereits einer weiteren Attacke erwehren musste. Was hatte das S.W.A.P.-Book gesagt? Einen Hai-Angriff wehrt man am besten ab, indem man »Gegnel packt, wo verletzlich am meisten, nicht zögeln«. Was für Haie galt, konnte für Delfine nicht ganz falsch sein, überlegte Bob.

Aus den Augenwinkeln nahm Bob den Fischschwarm wahr, der das alles aus sicherer Entfernung beobachtete. Für einen Moment glaubte Bob, die Fische würden seine Aktion mit ihren Flossen beklatschen. Aber das war natürlich Unsinn. Immerhin verstand er jetzt, warum ihm der schillernde Schwarm nicht in die geflutete Station gefolgt war. Im Gegensatz zu ihm und Tim wussten die Fische, welche Gefahren hier drinnen lauerten.

»Muss das sein? Das ist voll eklig!« Tim sah wenig begeistert aus.

»Muss nicht, ist nur so ein Tipp von mir. Aber wenn du jemals wieder die Sonne sehen willst, solltest du es tun.«

Tim zögerte einen Moment, ehe er mit einem rechten Zeigefinger zustieß. Der Delfin vor ihm bäumte sich auf, stieß einen schrillen Schrei aus und schoss ebenfalls durch eine der Röhren davon. Genau wie der Delfin, der Bob angegriffen hatte.

»Danke!« Tim streckte seinem Freund den Daumen der linken Hand entgegen, während er sich den rechten Zeigefinger an seinem Taucheranzug abwischte.

Bob nickte ihm zu und setzte gleichzeitig den zweiten Delfin außer Gefecht. Der letzte drehte freiwillig ab und rettete sich durch die Röhre, durch die schon seine Gefährten geflohen waren.

»Irgendwer hat die darauf gedrillt, Taucher zu erledigen«, erklärte Tim, als alle Delfine verschwunden waren. »Sie wussten genau, wo wir am verletzlichsten sind.«

»Hab ich mir auch schon gedacht. Aber wer? Die Amis? Oder Hazweio?«

»Ich glaube nicht, dass der jemals hier war«, bemerkte Tim. »Hier war seit Jahren keiner mehr. Ich glaube, das war eine Falle, in die uns dieser fette Kannibalenkönig gelockt hat.«

»Lass uns lieber oben darüber nachdenken. Unsere Luft wird knapp, und ich habe immer noch keine Kiemen, obwohl wir schon ziemlich lange hier unten sind.«

»Die würden dir bestimmt gut stehen«, witzelte Tim.

»Meinst du?«

»Schlimmer kann es ja nicht mehr werden.«

»Idiot!«, erwiderte Bob knapp, weil er Sauerstoff sparen wollte.

Bob und Tim schwammen auf die Röhre zu, die direkt zur Schaltzentrale und zur Schleuse führte, die sie endlich wieder nach draußen führen würde. Sie hatten den Raum mit den Computern gerade erreicht, als die Delfine zurückkamen. Diesmal waren es nicht nur vier, sondern mindestens zwanzig. Wenn nicht mehr, schätzte Tim. Wie Torpedos schossen sie auf die Jungs zu.

»☠@ϟ☠≢#✝!«, fluchte Tim. »Das war's dann wohl!«

»Blödsinn! Du hast zehn Finger, also kannst du zehn Delfine gleichzeitig erledigen. Ist alles nur eine Frage der richtigen Technik«, erwiderte Bob, obwohl er selbst wusste, dass das nahezu unmöglich war.

Die Delfine umkreisten die Freunde, die Rücken an Rücken schwammen, um sich bei dem bevorstehenden Angriff besser verteidigen zu können. Die Tiere zogen ihre Kreise immer enger um die beiden Taucher. Ihre kleinen schwarzen Augen starrten sie ausdruckslos an, und Bob fragte sich, wie er sie jemals hatte süß finden können. Diese Viecher waren trainierte Killermaschinen.

Bob und Tim versuchten, die Atemlöcher der Delfine im Blick zu behalten, um bei ihrem Angriff schnell zustoßen zu können, als

plötzlich die Erde bebte. Erst war es nur ein leichtes Vibrieren, das jedoch rasch stärker wurde und dann unter Wasser in ein heftiges Rumpeln überging. Aus der Kuppel über ihnen lösten sich Glasteile, die auf sie herabsanken. Die beiden Jungs konnten den Trümmern ausweichen, einigen der Delfine gelang das nicht. Die Tiere stoben vor Schreck auseinander und versuchten durch die Röhren zu entkommen. Bei den Ausgängen gab es ein schreckliches Gedränge, weil alle Delfine gleichzeitig hinauswollten und dabei die schmalen Gänge verstopften. Für die Jungs gab es dort kein Durchkommen.

Tim zeigte nach oben, wo sich durch die herausgefallenen Glasplatten Löcher in der Decke gebildet hatten. Mit kräftigen Flossenschlägen tauchten er und Bob hinauf zur Kuppel der Station und zwängten sich durch die Öffnungen ins Freie.

Die Hälfte der Strecke ließen sie sich einfach auf dem Rücken treiben. Erst jetzt spürten sie, wie sehr der Kampf gegen die Killerdelfine sie erschöpft hatte.

»Und? Magst du die Viecher immer noch?«, erkundigte sich Tim.

»Geht so«, antwortete Bob wortkarg. »Was wollten die von uns?«

»Ich weiß nicht, was die von dir wollten. Die beiden Delfine, die sich auf mich gestürzt haben, wollten mich töten. Das steht mal fest.«

»Aber warum?«

»Denk doch mal scharf nach: Alles, was wir über diesen Hazweio wissen, ist, dass er es nicht so sehr mit Wasser hat. Er lässt es überall verschwinden. Den findet man eher in der Wüste. Und ich glaube auch nicht, dass der hier Urlaub gemacht hat. Der steckt mit diesem fetten Kannibalenhäuptling unter einer Decke. Der hat uns da runtergeschickt, damit unser Ende nach einem tragischen Tauchunfall aussieht. Der wollte uns aus dem Weg schaffen!«

»Und das fällt dir erst jetzt ein?«

»Wieso?«

»Weil wir uns das ganze Theater da unten hätten sparen können, wenn sich *Big Brain* vorher mal ein paar Gedanken gemacht hätte. Aber nein! S.W.A.P. 0099 musste ja unbedingt tauchen gehen.«

»Erstens bist du S.W.A.P. 0099 und ich 0098! Und zweitens hat *Die Faust* da unten ja wohl auch ein bisschen spät zugeschlagen! Warum hast du den Atomisator nicht benutzt?!«

»Hab ich doch! Aber er hat nicht funktioniert.« Bob holte die Waffe hervor und betrachtete sie von allen Seiten. »Unter Wasser arbeitet das Teil offenbar nicht.«

»Tust du mir einen Gefallen? Halt das Ding bitte woanders hin. Es macht mich nervös, wenn du in meine Richtung zielst.«

»Ist ja schon gut«, erwiderte Bob und richtete die Waffe in den wolkenlosen Himmel über ihnen. »Ich wüsste nur zu gern, was diese rote Leuchte hier an der Seite bedeutet.«

»Du bist der Technikexperte, nicht ich. Wir sind übrigens schon da.«

Vom Wasser aus sahen sie den aufgeklappten Schachtdeckel, der auf die Entfernung winzig wirkte. Weder Bob noch Tim konnte sich erinnern, ob sie ihn nach ihrem Ausstieg und der freundlichen Einladung durch die verkleideten Kannibalen zugeklappt hatten oder nicht. Bob glaubte ja, Tim meinte nein.

Fünfzehn Minuten lang beobachteten sie vom Wasser aus den Strand, doch außer ein paar Möwen und Krabben regte sich dort nichts.

»Ich glaube, da ist keiner. Wir können raus!« Tim kraulte mit gleichmäßigen Armzügen Richtung Strand.

»Wird auch Zeit! Ich krieg schon Schwimmhäute!«, erklärte Bob, der neben ihm herschwamm.

»Sagte ich schon, dass du dich eigentlich nur verbessern kannst?«

»Sagtest du schon. Sagte ich schon, dass du ein Idiot bist?«

»Sagtest du schon.«

»Dann ist ja gut.«

Als sie endlich wieder festen Boden unter den Füßen hatten, zogen sie ihre Schwimmflossen aus und rannten geduckt auf den Zugang zu ihrem Suburb-Shuttle zu. Das dauerte eine Weile, weil der Strand sich noch weiter ausgebreitet hatte und es bergauf ging.

Endlich hatten sie den Eingang erreicht. Bob sprang als Erster hinein und kletterte die Strickleiter hinunter. Tim wartete eine Sekunde, bis sein Freund ein paar Sprossen Vorsprung hatte, dann verschwand auch er in dem Schacht und ließ hinter sich den Deckel zufallen.

KAPITEL SECHZEHN
GESCHÜTTELT IM SHUTTLE

»Wir hatten da einige kleinere Problemchen mit unserer Kommunikation«, antwortete Angela Steel knapp.

»Was denn für Problemchen?«, hakte Bob nach.

»Irgendwer hat vergessen, ein paar Rechnungen des S.W.A.P. zu bezahlen. Und da hat man uns vorübergehend die Verbindung gekappt.«

»Wir haben jetzt wirklich andere Sorgen als die Schulden des S.W.A.P«, sagte Tim genervt.

»Wer hat was von Schulden gesagt? Ich habe nichts von Schulden gesagt! Der S.W.A.P. steht unter meiner Leitung wirtschaftlich hervorragend da. Mag sein, dass es hier und da finanziell ein paar ärgerliche Engpässe ...«

»Wir sind unter Kannibalen gelandet«, unterbrach Bob sie ärgerlich. »Und wären beinahe von einem Haufen Killerdelfinen getötet worden!«

»Ach, die gibt es noch?! Hätte ich nicht gedacht«, erwiderte die Chefin unbeeindruckt. »Die Amis haben die ausgebildet, um ihre Unterwasserstation vor russischen Kampftauchern zu schützen.«

»Die Kannibalen?«, fragte Bob verblüfft.

»Nein, die Delfine. Das muss mindestens schon die dritte Generation sein, die dort unten lebt. Interessant, dass sie ihre antrainierten Fähigkeiten weitervererben können.«

»Hochinteressant, aber für uns beinahe tödlich!«, bemerkte Tim. »Nur so ein blödes Erdbeben hat uns gerettet. Wenn Sie mich fragen, war das Ganze eine Falle.«

»Ich weiß«, bemerkte die Chefin trocken.

»Wie bitte? Ich glaub, ich höre nicht ganz richtig!«, schrie Bob aufgebracht.

»Das war alles Teil unseres Plans. Na ja, mal abgesehen von den Delfinen und dem Erdbeben. Wir wussten bereits, dass Tupua IV. eine Einladung von Hazweio erhalten hatte. Wir wussten aber nicht, wohin. Also brauchten wir irgendjemanden, der ihm ein Shuttle vor die Tür stellt, ohne groß Verdacht zu erregen. Das habt ihr beiden Jungs übrigens ganz zauberhaft gemacht. Ehrlich, das finden alle beim S.W.A.P.«

»*Irgendjemanden*, wie nett«, entgegnete Tim. »Aber woher konnten Sie wissen, dass uns der Bademeister etwas über Kokolunka erzählen würde?«

»Er erzählt es allen! Es ist die einzige Postkarte, die er jemals von seinem Sohn bekommen hat, und obwohl darauf ein paar wirklich üble Beschimpfungen stehen, war er furchtbar stolz. Es war klar, dass er euch davon erzählen würde.«

»Und was nun?«, fragte Bob und ließ dabei seine Fingerknochen knacken. Tim spürte, dass sein Freund kurz davor war, vor Wut zu explodieren. Angela Steel spürte es nicht.

»Ja, uns hier irgendwie abholen lassen«, entgegnete Bob. »Aber ein bisschen dalli!«

»Und uns sagen, wo Snyder ist. Mit dem haben wir wegen seines *genialen* Plans noch eine Rechnung offen«, ergänzte Tim.

»Zu Frage eins: Ein Ersatzshuttle ist schon auf dem Weg zu euch. S.W.A.P. 0815 bringt euch direkt nach Venedig zu dem zauberhaften Fest, mit dem Professor Hazweio seinen Sieg feiern möchte. Zu Frage zwei: Dort trefft ihr dann auch auf Snyder. Er durfte die Krankenstation bereits verlassen.«

»Stehen wir auf der Gästeliste?«, fragte Bob.

»So ähnlich. Ich muss mich jetzt noch um ein paar unbezahlte Rechnungen kümmern. Da fällt mir noch ein: Es wäre nett, wenn ihr das verlorene S.W.A.P.-Book möglichst bald bezahlen würdet. Wir könnten das Geld gerade gut gebrauchen, und es wäre wirklich zu dumm, wenn wir es euch stunden müssten, falls euch irgendetwas zustößt.«

»Könnte S.W.A.P. 0815 auch etwas zu trinken mitbringen? Ich habe Durst! Großen Durst!«, rief Tim, aber da war die Leitung schon wieder unterbrochen.

Die beiden Jungs hockten unten in dem Schacht und warteten auf S.W.A.P. 0815, während ihnen von oben der weiße Sand auf den Kopf rieselte.

»Die haben uns total verarscht«, sagte Tim nach einer Weile. »Wir waren nur zwei Lockvögel, um diesem Südseekönig eine Mitfahrgelegenheit nach Venedig frei Haus zu liefern.« Er konnte es immer noch nicht fassen.

»Du bist doch *Big Brain*. Du hättest merken müssen, dass da was nicht stimmt, nicht ich. Ich bin hier nur *Die Faust*. Hoka Hay hat es gemerkt, die war nicht so blöd, darauf reinzufallen.« Bob zwängte sich an Tim vorbei, um die Leiter wieder nach oben zu klettern.

»Kleinigkeit, die ist ja auch schon länger im Geschäft als wir«, erwiderte Tim beleidigt. »Was hast du überhaupt vor? Was willst du da oben?«

»Wenn wir schon mal hier sind, will ich noch ein bisschen das Meer sehen. Es ist mein erstes Mal am Meer, davon will ich keine Sekunde verpassen.« Bob lehnte sich oben an den Rand des Schachtes und starrte auf den Pazifik, der in der Ferne im Sonnenlicht glitzerte.

»Warte erst mal ab, bis du Venedig siehst. Die ganze Stadt ist voller Wasser. Da gibt es keine Straßen, nur Kanäle. Und statt mit Autos fährt man da mit Booten.« Tim war seinem Freund gefolgt und schaute nun ebenfalls aufs Meer hinaus. »Ich glaube, es ist schon wieder ein gutes Stück zurückgegangen. Tupua IV. hatte recht: Wenn wir noch etwas gewartet hätten, hätten wir uns die Taucheranzüge sparen können. Dann hätten wir die Station zu Fuß erreichen können.«

Die beiden Jungs blickten gedankenverloren auf die heranrollenden Wellen am Horizont.

»In der Schule haben sie jetzt gerade Mathe«, unterbrach Tim nach einer Weile die Stille.

»Sicher?«

»Ich kann die Zeitverschiebung natürlich nur schätzen, aber so ungefähr müsste es hinkommen. Mathe oder Physik, eins von beiden.«

Bob dachte eine Weile nach.

»Wenn du mich fragst, ich find's hier besser.«

»Trotz der Haie, des Erdbebens, dieses durchgeknallten Hazweio und der Tatsache, dass uns der S.W.A.P. die ganze Zeit verascht hat?«, fragte Tim.

»Trotzdem.«

»Weißt du was?«

»Nein.«

»Wie solltest du auch, du bist ja nur *Die Faust* und nicht *Big Brain.*« Tim knuffte Bob freundschaftlich in die Seite und grinste breit.

»Quatsch keinen Blödsinn und sag schon.«

»Ich find's hier auch besser. Und weißt du noch was? Wir beweisen dem S.W.A.P., dass wir mehr draufhaben, als für ihn Shuttles durch die Gegend zu kutschieren. Bist du dabei?«

»Klar, bin ich dabei. No risk ...«

»... no fun!«, vollendete Tim.

Bob und Tim hatten das Shuttle gar nicht kommen hören. Als sie hinunterblickten, sahen sie S.W.A.P. 0815, der ihnen freundlich zuwinkte. Bob und Tim winkten zurück und stiegen die Strickleiter zu ihm herab. Weil S.W.A.P. 0815 den vorderen Platz besetzt hielt, blieb den Jungs gar nichts anderes übrig, als sich nebeneinander auf die schmale Sitzschale hinter ihm zu quetschen.

»Einmal nach Venedig, bitte!«, sagte Tim.

»So ein Zufall, da wollte ich auch gerade hin«, erwiderte S.W.A.P. 0815 und warf ihnen zwei Kleiderbeutel nach hinten.

»Was ist da drin?«, fragte Bob, als sich das Dach auch schon über ihnen schloss und das Shuttle davonschoss.

»Alles, was ihr für das Fest von Hazweio braucht und außerdem ein neues S.W.A.P.-Book. Zahlt ihr das gleich oder später?«

»Später!«, antworteten Bob und Tim wie aus einem Mund.

»Mach ich auch immer so: Die Chefin soll sich nicht so anstellen«, antwortete S.W.A.P. 0815 und drehte sich grinsend zu ihnen um.

»Haben Sie eigentlich auch einen richtigen Namen?«, fragte Tim, während Bob neugierig in dem Beutel kramte.

»Ihr könnt mich Otto nennen!«, erwiderte S.W.A.P. 0815.

»Sagen Sie mal, Otto.« Bob hielt einen schwarzen Anzug und ein weißes Oberhemd in die Höhe. »Müssen wir das anziehen?«

»Hast du etwa noch nie einen Smoking getragen?« Tim stieß Bob in die Seite. »Das steht dir bestimmt prima.«

»Ich möchte Big Brain ja nur ungern korrigieren, aber das ist kein Smoking«, mischte sich Otto ein.

»Was soll es dann sein? Wenn man zu einem rauschenden Fest in Venedig eingeladen ist, muss man doch wohl einen Smoking tragen!«

»Das ist eure Uniform!«

»Wisst ihr, was ich gerade verstanden habe? Wir sollen da kellnern«, sagte Tim und lachte.

»Sollt ihr ja auch. Das ist eure Tarnung«, erwiderte Otto.

»Kriegen wir wenigstens Geld dafür?«, hakte Bob nach, der, seit er acht war, in den Ferien jobbte, um sein Taschengeld aufzubessern.

»Ja und nein!«

»Was soll das heißen?«, erkundigte sich Tim, der noch nie für Geld gearbeitet hatte, weil er es nicht nötig hatte.

»Ja, ihr verdient Geld. Und nein, ihr kriegt es nicht ausgezahlt. Das geht alles an den S.W.A.P., der das mit euren Schulden verrechnet. Und jetzt …« Weiter kam Otto nicht, weil die Shuttle-Röhre von einem heftigen Stoß erschüttert wurde.

»Keine Sorge, alles wird gut!«, versuchte Bob den brüllenden Agenten vor sich zu beruhigen. Er löste sogar seine Hände von dem Vordersitz, an den er sich geklammert hatte, um nicht durch die Kapsel zu fliegen, und legte sie Otto von hinten beruhigend auf die Schulter.

»Die Wände sind aus elastischem Material«, zitierte Tim, was Snyder gesagt und was auch im Handbuch gestanden hatte. »Die passen sich den Erschütterungen an. Uns kann gar nichts passieren!«

Den zweiten Teil seiner Rede glaubte Tim selbst nicht. Genauso wenig wie Otto.

»Ehe ich sterbe, möchte ich eine Sache beichten, die mir schon seit Jahren auf der Seele brennt«, brüllte S.W.A.P. 0815, während ihr Shuttle in der Röhre hin und her geworfen wurde. Das zweite Erdbeben war nicht nur stärker, sondern auch deutlich länger als das erste. »Das Ganze ist vor etwa zwanzig Jahren passiert, als ich gerade beim S.W.A.P. angefangen hatte.«

»Dann spucken Sie es schon aus. Ist vielleicht doch der richtige Zeitpunkt«, rief Tim von hinten, weil die Stöße von Mal zu Mal immer stärker wurden.

»Damals habe ich auf einem Behindertenparkplatz geparkt. Eine ganze Stunde lang! Verbotenerweise!!!«, schrie Otto und atmete danach erlöst aus. »Puh, endlich ist es raus!«

»Und dann?«, fragte Bob, während ihr Shuttle von einer weiteren Erdbebenwelle erfasst wurde.

»Nichts dann«, erwiderte S.W.A.P. 0815, der nach seiner Beichte tatsächlich etwas gefasster wirkte. »Das war's.«

»Das war's?«, rief Tim fassungslos.

Nach einer so langen Tätigkeit als Agent im Dienst des S.W.A.P. hatte er eine etwas spektakulärere Beichte erwartet. Irgendwie enttäuschte ihn Ottos Geständnis. Vielleicht war der Job beim S.W.A.P. doch nur einer wie jeder andere auch, so ähnlich wie Börsenmakler, Reedereibesitzer oder Bankenvorstandschef.

Es gab noch ein paar Nachbeben, die aber immer schwächer wurden, bis sie schließlich ganz ausblieben und das Shuttle wieder gewohnt ruhig durch den Tunnel schoss. Langsam beruhigten sich auch die drei Insassen wieder, vor allem Otto, der sich zu Bob und Tim umdrehte.

»Das mit dem Parken-und-so-weiter-ihr-wisst-schon, das bleibt natürlich unter uns. Tut es doch, oder?«

Die beiden Jungs nickten ihm zu, und S.W.A.P. 0815 strahlte sie erleichtert an, weil sie sein Geheimnis für sich behielten.

»Bevor ich es vergesse«, fuhr Otto fort. »Schaut mal in euer neues S.W.A.P.-Book, da hat euch Snyder ein paar Videos draufgespielt. Damit ihr auf dem neuesten Stand seid. In der Zwischenzeit ist eine Menge passiert.«

Bob kramte das Gerät aus dem Beutel hervor, verzichtete auf die Sprachsteuerung und klickte auf dem Display eine Datei mit dem Namen »Update« an.

Den Rest der Reise starrten die beiden Jungs, die zusammengequetscht auf der Rückbank saßen, schweigend auf den Bildschirm, und wenn es ihnen bis dahin noch nicht klar gewesen sein sollte, kapierten sie spätestens jetzt, dass es bei ihrem Auftrag um nichts weniger als die Zukunft der Menschheit ging.

KAPITEL SIEBZEHN
TROCKENE KANÄLE

Die Videos zeigten leere Schwimmbecken, vor denen heulende Kinder mit ihren Gummischwimmtieren standen, ausgedörrte Wasserlöcher, an deren Rändern Gnus und Löwen nebeneinander die letzten Pfützen aufschlabberten, Inseln, die sich mit kilometerbreiten Stränden aus dem Meer erhoben, und ausgetrocknete Seen, auf deren morastigem Grund verzweifelte Fische zappelten. Auch die meisten der großen Flüsse führten längst kein Wasser mehr und sahen aus der Vogelperspektive wie verschlammte Autobahnen aus. Ein anderes Video zeigte ein Unwetter, das sich über einer Großstadt entlud. Schwallartig ergoss sich der Regen aus den Wolken, aber noch ehe die schweren Tropfen die Dächer der Häuser erreichten, verschwanden sie einfach spurlos.

»Das sieht ja wirklich übel aus«, murmelte Bob.

»Übelst übel«, korrigierte Tim.

Den Bildern nach zu urteilen, war die Katastrophe nicht auf eine Region beschränkt, sondern betraf den ganzen Erdball.

In einem schnellen Zusammenschnitt folgten Aufnahmen von Brunnen aus allen Ecken der Welt. Auch wenn die Brunnen alle verschieden waren – von einfachen Löchern im Boden irgendwo in der afrikanischen Savanne bis zu prächtigen Prunkbrunnen im Zentrum großer europäischer Städte –, war der Blick der Menschen, die um sie herumstanden, überall der gleiche. Egal ob sie gelbe, schwarze, rote oder weiße Haut hatten, sie alle blickten besorgt in die ausgetrockneten Brunnenschächte und Wasserbecken. Andere Bilder zeigten schier endlose Schlangen von Menschen, die Eimer,

Kanister oder einfach nur einen Topf in der Hand hielten und an einer der wenigen Stellen anstanden, an denen es noch Wasser gab. Auch von diesen Aufnahmen gab es unzählige Variationen, die sich nur durch die Landschaft im Hintergrund und die Hautfarbe der wartenden Menschen unterschieden.

Den Rest der Fahrt sprach keiner mehr ein Wort. S.W.A.P. 0815 dachte an seine Koi-Karpfen, die daheim im Aquarium herumplanschten, Bob machte sich Sorgen, ob seine Eltern genug Geld für Wasser haben würden, und Tim versuchte, nicht mehr an seinen Durst zu denken. Stattdessen knetete er an seinem Ohrläppchen herum und grübelte über die beiden Erdbeben nach. Als sie das zweite überrascht hatte, mussten sie bereits Hunderte Kilometer von Kokolunka entfernt gewesen sein, falls er die Geschwindigkeit des Shuttles auch nur halbwegs richtig einschätzte. Die Wahrscheinlichkeit, zweimal so kurz hintereinander an zwei unterschiedlichen Orten in ein Erdbeben zu geraten, ging gegen null. Die einzige Erklärung war, dass die Häufigkeit von Erdbeben rapide zugenommen hatte, und das konnte nur bedeuten, dass sie etwas mit dem verschwundenen Wasser zu tun haben mussten. Na ja, gestand sich Tim in Gedanken ein, mussten nicht, aber es war gut möglich. Blieb nur die Frage: Wie standen die beiden Phänomene in Zusammenhang?

Darauf hatte Tim immer noch keine Antwort gefunden, als das Shuttle abbremste und Otto laut verkündete: »Wir sind da.«

»Eine Frage noch«, sagte Tim. »Diese Erdbeben, kommen die jetzt häufiger vor?«

»Das kannst du laut sagen!«, erwiderte S.W.A.P. 0815. »Ist auch schon eine Menge kaputtgegangen. Ein Wunder, dass noch niemand verletzt wurde.«

»Warum fragst du?«, wollte Bob wissen.

»Nur so«, antwortete Tim ausweichend und klappte das Verdeck ihrer Kapsel auf, die in der Zwischenzeit zum Stehen gekommen war.

Tim war mit seinen Eltern schon ein paarmal in Venedig gewesen. Er fand die Stadt klasse, und wenn der Anlass ihres Besuches nicht so ernst gewesen wäre, hätte Tim sich darauf gefreut, Bob die gruseligen Kerkerzellen im Dogenpalast zu zeigen. So wie es aussah, würden sie aber sowieso nicht viel Zeit haben, um sich die Sehenswürdigkeiten der Lagunenstadt anzusehen, und stattdessen auf Hazweios voreiliger Siegesfeier Getränke austeilen.

Bob war froh, endlich aus der Kapsel aussteigen zu können. Es war eng gewesen auf dem Rücksitz neben Tim, denn das Shuttle war definitiv nur für zwei und nicht für drei Passagiere konstruiert. Ihm taten alle Knochen weh. Das spürte er, als er mit seiner Kleidertüte über der Schulter die eisernen Stufen des Schachtes hinaufstieg.

Otto blieb einfach sitzen.

S.W.A.P. 0815 schlug das gläserne Dach des Shuttles zu und verschwand winkend in der Röhre.

»Der hat es aber eilig«, bemerkte Bob.

»Ja, eilig, von hier wegzukommen«, erwiderte Tim. »Komm, lass uns hier raus. Venedig wartet auf uns. Pass auf, die Stadt wird dich umhauen!«

Der Schacht endete unter einem Eisendeckel. Auf der Unterseite prangte das Bild eines geflügelten Löwen, der mit seiner rechten Pranke ein aufgeschlagenes Buch hielt und so die Shuttle-Reisenden in der Lagunenstadt begrüßte.

»Ein Löwe mit Flügeln?! Und einem Buch?! Was soll denn der Blödsinn bedeuten?« Bob drehte sich zu Tim um und tippte sich mit dem Zeigefinger an die Stirn.

»Das ist das Wappen von Venedig, und das bedeutet, dass wir richtig sind.«

»Dafür sind die nicht ganz richtig! Ein lesender Löwe!«, brummte Bob.

»Quatsch keine Arien, sondern bring uns hier raus!«, drängelte Tim.

Immer noch kopfschüttelnd stemmte sich Bob von unten gegen den Deckel, doch schon als seine Schulter das Metall berührte, spürte er, dass seine Kraft gar nicht nötig war. Ein versteckter Mechanismus ließ den Deckel geräuschlos zur Seite gleiten. Als Tim an Bob vorbeilinste, sah er den wolkenlosen Himmel über Venedig.

»Du hast recht, die Stadt haut einen wirklich um! Hier stinkt's wie auf einem Elefantenfriedhof!«, sagte Bob, als er seine Nase aus dem Loch streckte.

»Venedig stinkt doch nicht! Das bist wahrscheinlich du«, erwiderte Tim, dabei roch er es selbst, weil der Gestank wie eine Nebelwolke in den Schacht hineinkroch. Es war eine ekelerregende Mischung, die sich aus den Geruchsnoten ungeputztes Schulklo, schimmeliger Fleischsalat und totes Tier zusammensetzte.

Der Eingang zu ihrer Suburb-Shuttle-Haltestelle war als Brunnen getarnt, der auf einem kleinen Platz stand. Ihnen direkt gegenüber war eine Kirche und links von ihnen ein schmaler Kanal.

Lass mich raten ...
Venedig?
Das hier ist der Campo San Barnaba. In »Der letzte Kreuzzug« steigt Indiana Jones auch genau aus diesem Brunnen!
Soll das heißen, Indiana Jones gehört auch zum S.W.A.P.?
Blödsinn! Aber ist das nicht ein toller Zufall?
Toll. Wirklich ganz toll.

Bob war es völlig egal, wer vor ihnen schon alles aus diesem Schacht gekrochen war. Vielmehr beschäftigte ihn, dass sie von den wenigen Menschen, die sich auf dem Platz aufhielten, angestarrt wurden, als wären sie tatsächlich irgendwelche Filmstars, die nach Venedig kamen, um hier den fünften Teil von »Indiana Jones« zu drehen.

Als Bob an sich herunterschaute, verstand er die Blicke der Leute. Er und Tim trugen immer noch die Taucheranzüge, die Tupua IV. ihnen gegeben hatte. Und dass sie gerade aus einem Brunnenschacht geklettert waren, machte die Sache für die Passanten auch nicht besser. Im Gegenteil.

»Wir sollten uns schleunigst umziehen«, sagte Tim und winkte den Gaffern freundlich zu, um die peinliche Situation etwas zu überspielen.

»Kommt sofort!«, rief Tim zurück, dann beugte er sich zu Bob und raunte ihm zu: »Siehst du, unsere Verkleidung funktioniert! Die Touristen halten uns wirklich für zwei Kellner!«

»Trotzdem wäre mir mein Sweatshirt lieber gewesen. Außerdem drücken die Schuhe«, entgegnete Bob missmutig.

Die beiden liefen über den kleinen Platz zu dem angrenzenden Kanal. Alles Wasser war daraus verschwunden, und im Schlamm auf dem Boden türmte sich der Müll, zwischen dem Ratten groß wie Kaninchen herumhuschten.

»Bei meinem letzten Besuch sah das aber anders aus«, murmelte Tim, der sich die Nase zuhalten musste. So dicht am Kanal war der Gestank nahezu unerträglich.

»Hattet ihr eine gute Reise?«, tönte Snyders Stimme aus ihren Kopfhörern.

»Was zum Teufel ist hier los? Wo ist das ganze Wasser?«, fragte Tim.

»Weg, wie überall«, erwiderte Snyder. »Nur leider trifft das Venedig etwas härter als andere Städte. Venedig ohne Wasser ist wie ...« Er suchte nach einem Vergleich. »... ist wie der S.W.A.P. ohne mich. Absolut unvorstellbar. Die ganze Stadt ist auf das Wasser angewiesen. Müllabfuhr, Lebensmittelversorgung, Krankentransporte – das läuft alles mit Booten. Sogar die Bestatter sind hier mit Schiffen unterwegs. Und die Touristen kommen jetzt natürlich auch nicht mehr, mal abgesehen von denen, die ihre Reise schon vor Monaten gebucht haben. Kein Wasser, kein Venedig. Vermutlich hat Hazweio genau deswegen seine Freunde hierher eingeladen, um seine Macht zu demonstrieren.«

Tim sah sich um. Es stimmte, bei seinem letzten Besuch war die Stadt voller gewesen. Jetzt verloren sich nur ein paar wenige Besucher auf dem Platz und den Wegen, die von dort wegführten.

»Und jetzt macht euch auf den Weg zur Arbeit. Dank Tupua IV. wissen wir, dass die Feier im Palazzo Zenobio stattfindet. Das ist ganz in der Nähe. Also beeilt euch! Ende und raus!« Die Leitung knackte, dann meldete sich Snyder aber doch noch mal da, weil er etwas vergessen hatte. »Ihr seht übrigens absolut schick aus in eurer Kellneruniform.«

»Woher wollen Sie das denn wissen?«, fragte Bob, der sich die ganze Zeit an den Kragen fasste, weil sein Hemd so eng saß, dass er kaum Luft bekam.

»Schaut mal nach oben. Wir sehen uns auf dem Fest. Die Adresse des Palazzos findet ihr in eurer Hosentasche. Bis später!«

Bob und Tim legten den Kopf in den Nacken, und da sahen sie Snyder, der ihnen mit seinem Gipsarm fast unmerklich zuwinkte. Er saß festgeschnallt in einem Ultraleichtflugzeug, das geräuschlos über dem Platz schwebte.

»Hey, wie lenken Sie das Teil denn überhaupt? So als Mumie?«, fragte Tim.

»Mit den Augen! Das mache ich alles mit den Augen. Den Rest erledigt die Elektronik«, antwortete Snyder, schwenkte zur Seite und flog in leichten Schlangenlinien Richtung Norden davon.

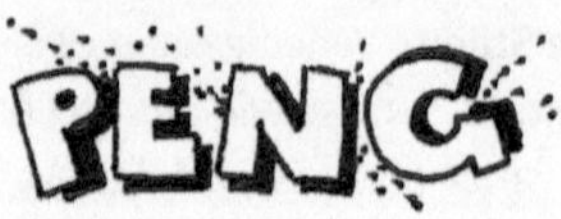

Die Kugel schlug durch die rechte Tragfläche des Fliegers und brachte ihn noch mehr ins Schlingern. Als Bob und Tim sich suchend umblickten, sahen sie gerade noch die Reflexion eines Sonnenstrahls auf dem Lauf eines Scharfschützengewehrs. Der Schütze stand hinter einer Straßenecke auf der anderen Seite des Kanals. Er trug eine schwarze Ninja-Uniform, und seine langen schwarzen Haare wurden von einem Stirnband gehalten.

»Hinterher! Den schnappen wir uns!«, brüllte Bob und rannte zur nächsten Brücke, vorbei an den Touristen und Venezianern, die sich bei dem Schuss unter die Tische der Straßencafés geflüchtet hatten. Tim brauchte eine Sekunde, ehe er Bob folgte. Er musste erst seine Gedanken ordnen, denn er war sich ziemlich sicher, dass es kein Scharfschütze gewesen war, der auf Snyders Flieger gefeuert hatte.

Es war eine Scharfschützin gewesen.

KAPITEL ACHTZEHN JAGD ÜBER BRÜCKEN

Als Tim seinen Freund einholte, war der schon auf der anderen Seite des Kanals und rannte auf die Straßenecke zu, an der das Ninja-Mädchen eben noch gestanden hatte. In weniger als drei Sekunden hatte sie ihre Waffe auseinandergebaut, in einem Rucksack auf ihrem Rücken verstaut und war davongelaufen.

»Was zum Teufel macht ihr da?«, schrie Snyder die zwei über Kopfhörer an.

»Na und? Das passiert ständig, also macht keine große Sache draus«, erwiderte Snyder. »Das Fest geht gleich los, und ich brauche euch da!«

Bob und Tim sahen sich im Laufen an, dann rissen sie sich ihre Kopfhörer aus den Ohren und stopften sie in die Taschen ihrer Kellneranzüge.

Das Mädchen hatte jetzt etwa fünfzig Meter Vorsprung, und die Jungs verloren sie in den verwinkelten Gassen immer wieder aus den Augen. Plötzlich tauchte vor ihnen ein Platz auf. Die Schützin hatte ihn schon fast überquert und verschwand gerade auf der gegenüberliegenden Seite in einer Kirche.

Die Kirche war fast leer. Es gab keine Kirchenbänke, dafür rechts und links große Grabmäler und düstere Gemälde, vor denen ein paar wenige, ehrfürchtige Touristen standen. Von dem Mädchen war nichts zu sehen.

»Dahinten!«, rief Bob auf einmal und zeigte auf einen Durchgang, der am Ende der Kirche in einen anderen Teil des Gebäudes führte.

Tim konnte gerade noch sehen, wie die wehenden schwarzen Haare des Mädchens dort verschwanden. Klack, klack, klack, machten ihre schwarzen Kellnerschuhe, als die Jungs über den steinernen Fußboden rannten. Der Durchgang führte in einen Saal, an den sich ein rechteckiger begrünter Innenhof anschloss, der von einem Säulengang umgeben war. Das Mädchen hechtete über die Brüstung, lief über den Rasen an einem ausgetrockneten Brunnen vorbei und schlüpfte durch eine unverschlossene Holztür nach draußen. Dahinter sprintete sie über eine der zahllosen Brücken Venedigs.

»Dieses Brücke-rauf-und-Brücke-wieder-runter macht mich noch ganz fertig«, rief Bob, dem weniger die Rennerei als sein enger Kragen zu schaffen machte.

»Wusstest du, dass Venedig gar nicht so viele Brücken hat? Amsterdam hat viel mehr, und sogar Hamburg toppt das locker«, schnaufte Tim.

»Spar dir die Puste und lauf! Sonst entkommt sie uns noch!«

Das Mädchen war auf eine größere Straße abgebogen, nahm dort aber sofort die engste Gasse, die sie finden konnte. In der ganzen Zeit hatte sie sich nicht ein Mal zu ihren Verfolgern umgedreht. Trotzdem blieb der Abstand zwischen ihr und den Jungs immer exakt gleich, und immer genau dann, wenn der Kontakt abzureißen drohte, schien sie absichtlich abzustoppen, damit Bob und Tim ihre Spur nicht verloren.

Schon bald kamen sie wieder an eine Brücke, doch diese war höher als alle, die sie bisher überquert hatten, und der Kanal darunter war ebenfalls breiter als die vorherigen. Auch die Gondeln und Boote, die unter ihnen im Schlamm feststeckten, erschienen den Jungs größer als die, die sie zuvor gesehen hatten. Es stank auch mehr. Die weiße Steinbrücke war so breit, dass man darauf richtige kleine Häuser gebaut hatte, in denen sich Souvenirläden befanden. Die meisten davon waren geschlossen, weil es sich bei den wenigen Touristen nicht lohnte, sie offen zu halten.

Die Straßen auf der anderen Seite der Rialto-Brücke waren anfangs etwas breiter, verengten sich dann aber wieder, um schließlich in einen großen Platz zu münden. Je näher sie dem Platz kamen, desto mehr Menschen begegneten ihnen. Es war fast, als hätten sich alle Touristen, die trotz Wassermangels und Gestanks nach Venedig gekommen waren, an genau diesem Ort verabredet.

Bob und Tim kamen immer langsamer voran, dem Mädchen dagegen schien das Gedränge nichts auszumachen. Sie huschte geschickt rechts und links an den Menschen vorbei, die sich durch die engen Gassen schoben.

Kurz darauf erreichten Bob und Tim den Markusplatz, den wichtigsten Ort Venedigs. Auch hier war es voll, wenn auch längst nicht so voll wie bei Tims letztem Besuch in der Lagunenstadt. Die Menschen auf dem Platz hielten sich mit Parfüm getränkte Taschentücher vor die Nase und betrachteten die Sehenswürdigkeiten. Von Hoka Hay fehlte jede Spur. Sie war einfach zwischen den vielen Touristen untergetaucht.

Die Jungs gingen einmal über den Platz, vorbei am Markusdom und dem Dogenpalast, in dem einst die Herrscher Venedigs gewohnt hatten, bis sie zu zwei Säulen kamen, auf denen ein Löwe und ein Heiliger thronten. Kurz dahinter begann auch schon die Lagune, die sich bis zum Lido, der Insel vor den Toren Venedigs, erstreckte. Normalerweise. Jetzt sah sie aus wie das Wattenmeer bei Ebbe, und die Holzgondeln lagen traurig und verlassen auf dem morastigen Grund. Auch hier stank es gewaltig, weil sich überall Abfallberge türmten, die die Müllboote nicht mehr abholen konnten.

»Wir haben sie verloren. Hoka Hay ist weg«, bemerkte Tim, der nur langsam wieder zu Atem kam.

»Hat dir schon mal jemand gesagt, dass du ein irre guter Beobachter bist?«, erwiderte Bob.

»Das höre ich ständig.«

»Dann hast du sie also auch erkannt.«

»War ja nicht zu übersehen.«

»Aber warum schießt Hoka Hay auf Snyder?«

»Keine Ahnung!« Tim sah auf seine Uhr. »Wir müssen los! Das Fest beginnt gleich.«

Bob kramte in seiner Tasche und suchte nach dem Zettel mit der Adresse.

»Palazzo Zenobio«, las er vor. »Weißt du, wo das ist?«

»Zufällig ja«, antwortete Tim. »Das war früher die Residenz der Armenier hier in Venedig. Ist gar nicht weit ...«

»Super!«

»... von da, wo wir losgelaufen sind.«

»Och nee!«, stöhnte Bob.

»Vorher brauche ich aber unbedingt etwas zu trinken!«

Tim ging zu einer Bar, die am Rande des Platzes lag, und studierte die Speisekarte. Die Preise für Getränke waren alle mit dickem Edding durchgestrichen und durch neue Zahlen ersetzt worden.

»Ist ja fast geschenkt.« Tim drehte sich zu Bob um und zeigte auf die Karte. »Die wollen nur fünfzig Euro für ein kleines Glas Wasser.«

»Schwimmen da Goldfäden drin rum?«

»Angebot und Nachfrage. Wenn Wasser knapp wird, geht der Preis rauf. Ist doch logisch!«

»Selbst wenn es nur zwei Euro kosten würde, könnten wir es uns nicht leisten. Wir haben kein Geld. Unsere Portemonnaies dürften immer noch in der S.W.A.P.-Zentrale liegen. Wahrscheinlich hat die Chefin sie schon geplündert«, bemerkte Bob. »Warte, bis wir bei dem Palazzo sind, da kriegst du bestimmt was zu trinken.«

Die Jungs verließen den Platz durch einen schmalen Tordurchgang und machten sich auf den Rückweg. Das Navi in ihrem neuen S.W.A.P.-Book half ihnen dabei, sich in den vielen Gassen nicht zu verirren.

»Meinst du, sie war es wirklich?«, fragte Bob, als sie schon eine Weile gelaufen waren.

»Klar war sie es«, erwiderte Tim, der sofort wusste, von wem sein Freund sprach. »Wie viele Ninja-Mädchen hast du in deinem Leben vor dem S.W.A.P. schon getroffen?«

»Keine!«

»Siehst du, warum solltest du dann plötzlich kurz hintereinander gleich zwei verschiedene treffen? Das ist wie mit den Erdbeben. Das ist alles kein Zufall!«

»Aber warum hat sie auf Snyder geschossen?«

»Wenn ich das wüsste«, murmelte Tim.

»Dass ich das noch erleben darf!«, murmelte Bob, als sie gerade zurück über die Rialtobrücke liefen.

»Was?«

»Dass *Big Brain* zugibt, keine Ahnung zu haben. Das wird ab sofort mein heiligster Gedenktag. Der Wievielte ist denn heute überhaupt?«

»Der 16. Mai«, antwortete Tim, dann lachte er kurz auf.

»Was ist daran so lustig?«

»Das ist der Tag des Heiligen Nepomuk! Dem Heiligen des Wassers, und das ist bestimmt auch kein Zufall!«

Der Palazzo Zenobio lag an einem Kanal wie alle Paläste Venedigs. Obwohl jemand für das bevorstehende Fest den Müll vor dem Gebäude fortgeschafft hatte, stank es auch hier bestialisch. Auf dem

Grund des Kanals parkten ein paar Quads, die im wasserlosen Venedig jetzt die Gondeln ersetzten. Zumindest für die, die es sich leisten konnten. Die vierrädrigen Motorräder waren die einzigen Fahrzeuge, die auf dem schlammigen Boden gut vorwärtskamen.

Vor dem Eingang des Palastes hatte sich bereits eine kleine Schlange gebildet. Schwarz gekleidete Securitykräfte verglichen die Namen der Wartenden mit den Namen auf der Gästeliste. Die Besucher schienen aus allen Ecken der Welt zu kommen. Einige von ihnen trugen bunte Landestrachten, andere schwarze Smokings. Zumindest galt das für die Männer. Die Frauen waren fast alle in bodenlangen Abendkleidern erschienen. Das machte es für sie schwierig, über die bereitgestellte Leiter unten aus dem Kanal, wo die Quads ihre Fahrgäste absetzten, hinauf auf die Straße zu klettern. Damit die Passagiere nicht knöcheltief im Matsch versanken, hatte man mit Holzbohlen einen Steg bis zur Leiter gelegt.

Die Jungs kramten die Mikrokopfhörer hervor und stopften sie betont langsam in ihre Ohrmuschel, um den Italiener verstehen zu können.

»Ich warte schon seit über einer Stunde auf euch! Jetzt aber pronto, sonst zieh ich euch die Ohren lang! Wir sind eh schon zu wenig Personal für so viele Gäste. Aber nein, die Herren Jungkellner bummeln ein bisschen durch Venedig und verwechseln dann auch noch den Haupteingang mit der Dienstbotenpforte! Wenn ihr nicht in drei Sekunden in der Küche seid, könnt ihr euren Lohn vergessen! Dann fliegt ihr, aber hochkant! Also ein bisschen avanti!«, brüllte der Chefkellner, der vor dem Palazzo auf sie gewartet hatte.

Einige der wartenden Gäste und auch die Security lachten. Bob und Tim lachten nicht.

Sie hielten einfach den Mund, was beiden schwerfiel und vor allem daran lag, dass zur gleichen Zeit auch Snyder über den Kopfhörer genauso wütend auf sie einredete, weil er wissen wollte, wo sie die ganze Zeit gesteckt hatten.

»Wir waren hinter dem Ninja-Mädchen her, das auf Sie geschossen hat!«, verteidigte sich Bob leise, sodass der Chefkellner ihn nicht hören konnte.

»Ich habe doch schon gesagt, irgendwer schießt immer auf mich. Das ist absolut kein Grund, Befehle zu missachten!«

»Aber das war Hoka Hay!«

»Es ist mir egal, wer das war!«, unterbrach Snyder Tim ruppig. »Und wenn es der Teufel höchstpersönlich gewesen wäre, ihr habt einen Auftrag, und jetzt macht euch an die Arbeit. Ich brauche euch hier drinnen! Dringend!«

»Sie sind schon im Palast?«, fragte Bob und warf Tim einen verwirrten Blick zu.

»Wo sollte ich denn sonst sein! Ich habe meinen Flieger auf dem Platz nebenan geparkt und mich da abholen lassen. Und jetzt schwingt die Hufe! Der Service ist ein bisschen schleppend, und ich habe Durst. Ende und raus!«

KAPITEL NEUNZEHN
UNTER NACKTEN

Im nächsten Moment standen Bob und Tim auch schon in ihren Kellneranzügen mit voll beladenen Tabletts in einem Saal, den die hohen Spiegel an den Wänden noch größer erscheinen ließen, als er sowieso schon war. Erleuchtet wurde der Raum von Tausenden von Kerzen. Tim zählte fünf Männer, die mit nichts anderem beschäftigt waren als damit, erloschene Kerzen wieder anzuzünden und die heruntergebrannten durch neue zu ersetzen. Fenster, die von der Decke bis zum Boden reichten, gab es nur auf der Seite, die zum Kanal hinausging. Sie waren alle geschlossen, was Tim angesichts des Gestanks draußen durchaus vernünftig fand. Er sog die Luft ein. Nein, hier drinnen stank es nicht nach Müll und Verwesung. Hier drinnen stank es nach einem süßlichen Parfüm, das penetrant in der Luft hing. Irgendwer musste in dem Saal Tonnen davon versprüht haben, um den Mief der Stadt zu überdecken. Obwohl der Raum riesig wirkte, war er doch zu klein für die vielen Gäste, die schon jetzt kaum noch Platz fanden. Dabei wartete draußen noch eine lange Schlange von Menschen, die ebenfalls hineinwollten. Tim sah sich nach bekannten Gesichtern um. In einer Ecke erkannte er Tupua

IV., der mit zwei seiner Krieger gekommen war. Der fette Südseekönig trug einen schicken weißen Anzug und schwenkte feierlich sein Klobürstenkokosnusszepter. Seine Begleiter waren nur mit einem knappen Lendenschurz bekleidet und hatten sich Hühnerknochen in die Haare geflochten, um noch wilder zu wirken. Ihre Speere hatten sie nicht dabei, und Bob vermutete, dass sie ihre Waffen am Eingang hatten abgeben müssen.

Hazweio war nirgends zu entdecken, dafür weckte ein anderer Gast die Aufmerksamkeit der Jungs. Ein Diener lief mit einer langen, gebogenen Stange durch den Saal. Am Ende der Stange hing ein rundes Zelt. Die Wände bestanden aus dunkelrotem Stoff, der über den Parkettboden des Ballsaales schleifte. Wer sich unter dem wandelnden Zelt verbarg, konnte Tim nicht erkennen. Hin und wieder erschien zwischen den Falten des Stoffes eine faltige Männerhand mit dicken Klunkern an allen fünf Fingern, die von anderen Gästen mit einer tiefen Verbeugung geküsst wurde. Aber nicht zu lange, darauf achteten zwei Riesen, die den geheimnisvollen Unbekannten rechts und links eskortierten.

Tim sah hoch zur Decke. Das Gemälde dort zeigte eine Wasserlandschaft, in der sich irgendwelche griechischen Götter vergnügten. Ein paar von denen konnte Tim sogar benennen: Göttervater Zeus, der Bote Hermes und Kriegsgott Mars. Dazu kamen noch zahlreiche Göttinnen und Halbgöttinnen, die nur wenig oder gar nicht bekleidet waren. Die meisten von ihnen waren nackt.

Während Bob der Anblick einfach nur peinlich war, versuchte Tim an der Maltechnik zu erkennen, aus welchem Jahrhundert die Bilder stammten. Er tippte auf das späte 18. Jahrhundert, irgendwas um 1785 oder 1789 schätzte er. Das Hauptmotiv des Gemäldes aber waren nicht die alten Götter, sondern das Wasser. Es war so naturgetreu gemalt, dass man befürchten musste, dass es einem von oben auf den Kopf tropfte. Tim wurde mit einem Schlag klar, warum Hazweio sich ausgerechnet diesen Palast mitten in Venedig für seine Siegesfeier ausgesucht hatte.

Außerdem fiel ihm ein, dass er immer noch furchtbaren Durst hatte.

Der Chefkellner reichte Tims Glas an eine Inderin weiter, die direkt neben ihnen stand und es durstig in einem Zug austrank. Als hätten die anderen Gäste nur auf dieses Signal gewartet, stürzten sie sich auf die Tabletts der Jungs. Das Ganze dauerte weniger als den Bruchteil einer Sekunde, dann waren alle Gläser ausgetrunken.

»Wenn das so weitergeht, trocknet mein Gehirn noch aus. Dann kann ich keinen klaren Gedanken mehr fassen«, sagte Tim missmutig.

»Und wo ist da der Unterschied zu vorher, du *Brain*?«, erwiderte Bob und grinste.

»Wenn du nicht *Die Faust* wärst, hätte ich dir längst eine gescheuert!«

»Hätte, hätte, Fahrradkette ... Mal im Ernst, was machen wir jetzt? Getränkenachschub holen?«

»Wir schauen uns hier jetzt mal ein bisschen um. Mit den leeren Gläsern lassen uns die Leute wenigstens in Ruhe.«

Die beiden schoben sich durch die Menge und balancierten dabei ihre Tabletts mit in die Höhe gestreckten Armen über den Köpfen der Gäste.

Dabei machten sie einen großen Bogen um Tupua IV., weil sie von ihm und seinen Kriegern nicht erkannt werden wollten, und versuchten stattdessen, in die Nähe des wandelnden Zeltes zu gelangen, weil sie neugierig waren, wer daruntersteckte. Aber die beiden Riesen drängten Bob und Tim sofort zur Seite, als sie bemerkten, dass auf ihren Tabletts nur noch leere Gläser standen.

»Da vorne ist Snyder!« Tim hatte ihn als Erster entdeckt. Der Top-Agent saß auf einem Stuhl in der Nähe des Fensters. Irgendwer hatte ihm mit schwarzer Farbe den Umriss eines Smokings auf seine Gipsbandagen gemalt, sodass er unter den anderen Gästen nicht ganz so sehr auffiel. Als Bob ihn sah, schlürfte Snyder gerade etwas mit einem Strohhalm aus einem Glas, das ihm ein Mädchen hinhielt.

Die beiden Jungs mussten zweimal hinsehen, ehe sie Hoka Hay erkannten. Sie hatte ihren Ninja-Anzug gegen einen geblümten Kimono getauscht und sah einfach umwerfend aus. Das Einzige, was sie von ihrer Uniform behalten hatte, war das Stirnband mit den japanischen Schriftzeichen, das ihre langen schwarzen Haare bändigte. In der einen Hand hielt sie den Becher, aus dem Snyder trank, in der anderen ein Messer.

»Entweder vergiftet sie ihn gerade, oder sie ersticht ihn gleich«, bemerkte Tim. »Ich bin mir noch nicht sicher, das liegt wahrscheinlich an meinen vertrockneten Gehirnzellen! Aber in ein paar Sekunden werden wir es wissen.«

»Ich denke ja gar nicht dran«, keuchte Bob zurück, als ihm eine schwere Hand auf den Rücken klopfte. Es war der Gips von Snyder.

»Hättest du die Güte, mir zu verraten, was du da unten tust?«

»Sie hat auf Sie geschossen! Als Sie in dem Flieger saßen«, mischte sich Tim ein, der Snyder mittlerweile auch erreicht hatte. »Und jetzt wollte Hoka Hay Sie erstechen. Oder vergiften. Oder beides. Sie sollten Bob dankbar sein, dass er Sie gerettet hat!«

Snyder und das Ninja-Mädchen sahen sich an und fingen an zu lachen, was vor allem dem Top-Agenten nicht ganz leichtfiel. Verwirrt lockerte Bob den Griff um Hoka Hays Hände. Das Mädchen reagierte sofort und löste sich aus der Umklammerung. Kurz darauf lag Bob unten, und das Ninja-Mädchen kniete über ihm, sodass ihm ihre schwarzen Haare ins Gesicht hingen. Er versuchte, ihr nicht in die Augen zu schauen, sondern daran vorbei. Aber das war auch nicht besser, weil sich auf dem Deckengemälde direkt über ihm eine nackte Göttin zu einer Quelle hinunterbeugte.

»Da hat doch nur jemand versucht, eine falsche Spur zu legen«, bemerkte Snyder. Er hatte sich vom Lachen aufs Schmunzeln verlegt, weil das weniger wehtat. »Hoka würde niemals auf mich schießen! Da bin ich absolut sicher. Und das mit dem Erstechen wäre bei dem Ding auch schwierig geworden.« Mit dem Kinn deutete er auf die stumpfe Spitze des Obstmessers, das bei Bobs Angriff auf dem Boden gelandet war. »Aber Respekt! Es gibt nicht viele, die Hoka überwältigen können. Wenn auch nur für einen kurzen Moment.«

Das Ninja-Mädchen stand auf und stellte sich neben Snyder, der erst in seinen leeren Becher und dann auf die leeren Gläser schaute, die Tim immer noch mit sich herumtrug.

»Und zu trinken habt ihr mir natürlich auch nichts mitgebracht«, seufzte Snyder. »Na ja, immerhin seid ihr zwei endlich mal halbwegs vernünftig angezogen.«

»Wie sind Sie eigentlich hier reingekommen? Und überhaupt, was machen Sie hier, Snyder?«, fragte Bob, der sich langsam wieder aufrappelte, während immer noch ein paar der Gäste neugierig zu ihnen herüberstarrten.

»Ich komme überall rein! Und außerdem bin ich inkognito hier, also bitte keine Namen!«

»Sehr inkognito, so als festlich angemalte Mumie verkleidet!«, bemerkte Tim.

»Das sind also eure hoffnungsvollen Nachwuchstalente.« Hoka Hay schaute grinsend von Tim zu Bob und wieder zurück.

»Ich befürchte, dem kann ich absolut nicht widersprechen«, erwiderte Snyder und zuckte bedauernd die Schultern. »Vor dir steht der ganze Stolz des S.W.A.P., quasi unsere Nachwuchsmannschaft.«

Bob grinste zurück und ließ aus Verlegenheit seine Fingerknochen knacken. Es war ihm schrecklich peinlich, dass er sich auf den falschen Gegner gestürzt hatte und dass er Hoka Hay so nah gewesen war und wegen der nackten Göttin und überhaupt ...

»Wer sind eigentlich all die Leute hier?«, fragte Tim, um das Thema zu wechseln. Er wollte vor Hoka Hay nicht weiter über den S.W.A.P. reden. Er traute ihr immer noch nicht.

»In irgendeiner Form profitieren sie alle von Hazweios diabolischem Plan, das Wasser verschwinden zu lassen«, erklärte Snyder. »Tupua IV., dessen Königreich bereits um das Doppelte gewachsen ist, habt ihr ja schon kennengelernt.«

»Danke noch mal, dass wir da den Köder spielen durften«, entgegnete Tim.

»Keine Ursache. Das habt ihr übrigens ganz passabel gemacht. Hätte ich euch gar nicht zugetraut. Allein die Tatsache, dass ihr es hierher geschafft habt, zeigt: In euch steckt anscheinend doch mehr, als ich anfangs gedacht hatte.«

»Danke auch dafür«, sagte Bob.

»Kleinigkeit, das hätte ja wohl jeder geschafft«, bemerkte Hoka Hay und lächelte dabei spöttisch.

»Und wer sind die anderen Gäste?«, hakte Tim nach, der keine Lust hatte, sich auf einen Streit mit dem Ninja-Mädchen einzulassen, und ihre Bemerkung einfach ignorierte.

»Ein paar sind Mineralwasserfabrikanten, die jetzt mehr Flaschen verkaufen können, weil kein Wasser mehr aus dem Hahn kommt.

Oder Fruchtsaftproduzenten oder Unternehmer, die Strandsand für die Bauwirtschaft verkaufen. Wir haben herausgefunden, dass Hazweio bei ihnen vorher Geld für seinen Plan eingesammelt hat. Heute hat er sie alle eingeladen, um sich dafür zu bedanken.«

»Ist er schon da?«, wollte Hoka Hay wissen.

»Noch nicht«, erwiderte Snyder.

»Aber wenn er auftaucht, schlagen wir zu, oder?«, erkundigte sich Bob.

»Nein, wir warten erst seine Rede ab. Vielleicht verrät er uns und seinen Investoren, was er als Nächstes vorhat und wer seine Hintermänner sind. Falls er welche hat. Außerdem ist das Büfett noch nicht eröffnet. Angela reißt uns den Kopf ab, wenn wir den Laden hier hochgehen lassen, ehe es etwas zu essen gegeben hat.« Als Snyder die verwirrten Blicke der Jungs sah, erklärte er: »Sie wollte auch noch kommen. Ich nehme an, sie wartet draußen in der Schlange. Wisst ihr was, Jungs? Bis sie da ist, holt ihr mir und Hoka Hay etwas zu trinken. Das ist doch heute Abend euer Job, oder?«

KAPITEL ZWANZIG
SPRUNG DURCHS FENSTER

Professor Hazweio gelang es nur mit Mühe, sein Kamel zu dem Mann unter dem schwebenden Zelt zu lenken. Er war der Einzige, den der Gastgeber persönlich begrüßte. Als er sich von seinem Sattel hinunterbeugte, um die Hand zu küssen, die ihm großmütig zwischen den schweren Stoffbahnen herausgereicht wurde, wäre er fast von seinem Kamel gestürzt. Die Leibwächter des geheimnisvollen Unbekannten konnten den Sturz Hazweios in letzter Sekunde verhindern. Der Fremde schien auf Hazweio gewartet zu haben, und jetzt, wo er ihn getroffen hatte, machten sich er und seine Männer auf den Weg zum Ausgang.

»Ich wüsste zu gern …«, begann Snyder.

»… wer sich unter diesem Vorhang verbirgt. Das frage ich mich auch schon die ganze Zeit«, vollendete Tim den Satz.

»Ja, das auch, aber eigentlich wollte ich sagen: Ich wüsste zu gern, wann das Büfett eröffnet wird. Ich habe Hunger!«, sagte Snyder.

»Es wird nicht leicht sein, rauszukriegen, wer daruntersteckt.« Hoka Hay deutete auf die beiden Riesen links und rechts des Zeltes. »Dazu müsste man erst mal an den Bodyguards vorbei.«

»Kleinigkeit!«, erwiderte Bob. »Bin gleich wieder da.«

Mit seinem Tablett drängte er sich durch die Menge. Hazweio war mit seinem Kamel bereits weitergezogen und ließ sich von seinen Gästen huldigen.

Der Fremde unter dem Vorhang hatte mit seinen Begleitern schon fast das Treppenhaus erreicht, als Bob ihn einholte.

Etwa einen Meter vor ihnen stolperte er *zufällig* über eine winzige Teppichfalte und ließ das Tablett mit den leeren Gläsern durch die Luft segeln. Reflexartig griffen die beiden Riesen unter ihre Jacken. Erst als sie realisierten, dass es nur ein tollpatschiger Kellner war, der sich ihnen genähert hatte, ließen sie die Waffen stecken. Bob landete auf dem Boden und rollte sich so geschickt über das glatte Parkett ab, dass er einen kurzen Blick unter den Stoff des Zeltes werfen konnte. Von oben sah ein steinaltes, faltiges Gesicht auf ihn herab, das er in seinem ganzen Leben nie wieder vergessen würde. Dort, wo unter den dunklen Augen eigentlich eine Nase hätte sein sollen, war nur ein Loch, durch das der Mann über ihm schnaufend ein- und ausatmete.

»Wer wagt es?!«, keuchte der Alte.

Bob bekam eine Gänsehaut am ganzen Körper. Selbst Darth Vaders Stimme klang gegen das Röcheln des Mannes über ihm lieblicher als ein Mädchenchor.

Im nächsten Moment hatten die beiden Leibwächter ihn auch schon an den Füßen gepackt und unter dem Stoffzelt hervorgezogen.

»Mamma mia! Du schon wieder!«, brüllte der Oberkellner, der erschreckt herbeigeeilt war. »Du bist entlassen! Und dein amico dahinten auch!«

Bob war von dem Zusammentreffen mit dem Was-auch-immer-da-unter-dem-Zelt-gewesen-war noch viel zu geschockt, um zu reagieren. Er torkelte zurück zu Snyder, Tim und Hoka Hay, während der Oberkellner sich tief buckelnd vor dem Stoffzelt verbeugte und sich tausendmal für die Störung entschuldigte. Zwischen den Falten des Vorhangs tauchte die Hand wieder auf, und ihre beringten Finger krallten sich um die Kehle des Kellners. Nach Luft schnappend sank er zu Boden. Dann schwebte das Zelt über die Treppenstufen hinunter und war verschwunden.

Doch ehe Bob berichten konnte, was ihn so geschockt hatte, begann Hazweio mit seiner Rede. Irgendwie war es ihm doch noch gelungen, sein Kamel an die Fensterseite des Festsaals zu dirigieren. Er richtete sich im Sattel auf und schlug mit einem Krummsäbel gegen den Kronleuchter an der Decke. Das klirrende Geräusch sorgte augenblicklich für Stille.

»Ich mag Dankbarkeit nicht, sie macht so abhängig«, fuhr Hazweio fort. »Daher wird dieser Palast, wird ganz Venedig mit euch untergehen, während ich mich auf den Weg zum Pol mache. Lebt wohl. Aber nicht zu lange!«

Das besorgte Gemurmel im Saal wurde immer lauter. Lachen war keines mehr zu hören.

»So wie sich die Lage hier gerade entwickelt, warten wir dann doch lieber nicht mehr auf die Chefin oder das Büfett«, sagte Snyder und sah zu Bob herüber. »Hast du den Atomisator dabei?«

»Klar doch«, erwiderte Bob und holte ihn aus der Innentasche seines Anzugs. »Nur noch eine Frage.« Bob schaute auf die Leuchtanzeige, die an der Seite des Atomisators blinkte. »Was bedeutet das rote Licht hier?«

»Das darf doch wohl nicht wahr sein!« Hoka Hay griff sich an den Kopf, und auch Snyder verdrehte die Augen. »Der Akku ist alle! Du hast das Ding doch nicht etwa unter Wasser benutzt, oder? Unter Wasser ist der Akku sofort hinüber. Nur Anfänger benutzen einen Atomisator unter Wasser!«

»Ich?!«, erwiderte Bob und versuchte dabei, möglichst empört auszusehen. »Natürlich nicht! Nie im Leben würde ich so was tun!«

»Macht endlich was, sonst entkommt er uns noch!«, rief Snyder, der am ganzen Körper zitterte, weil er es nicht ertragen konnte, aufgrund seines Gipses nicht selbst eingreifen zu können.

»Gibt es hier irgendwo eine Steckdose? Dann können wir ihn aufladen«, schlug Bob vor.

»Das dauert zwei Tage. Ich habe doch gesagt, die Dinger sind Mist und total unausgereift!«, erwiderte Hoka Hay.

»Dann nehmen wir eben dein Gewehr!« Tim schaute das Ninja-Mädchen an. »Vielleicht triffst du ja diesmal.«

»Wo, bitte schön, soll ich denn in dem engen Kleid eine Waffe verstecken?«, entgegnete Hoka Hay. »Und außerdem habe ich nicht auf Thomas geschossen! Wie oft soll ich das noch sagen?!«

»Bitte keine Namen!«, brüllte Snyder. »Ich habe doch gesagt, wir sind absolut inkognito hier!«

Hazweio hatte in der Zwischenzeit seine Hand zu einem letzten Gruß gehoben und sprang jetzt vom Rücken seines Kamels durch das geschlossene Fenster hinter ihm aus dem ersten Stock des Palastes. Sofort drang der Gestank der Stadt in den Saal und überlagerte den Duft des süßlichen Parfüms, das der Professor hatte versprühen lassen. Das Klirren des zersplitternden Glases war noch nicht verklungen, da brach unter den Gästen auch schon Panik aus. Sie begannen in allen Sprachen dieser Erde zu brüllen und drängten zu den Ausgängen. Auch das Kamel wollte nach draußen. Tim vermutete, dass es instinktiv begriff, dass es hier gleich Ärger geben würde. Tim begriff das auch, aber das sagte ihm nicht sein Instinkt, sondern sein Verstand. Er hatte schon die ganze Zeit an seinem Ohrläppchen herumgeknetet und in seinem Kopf eins und eins zusammengezählt.

Ohne eine Antwort von Snyder oder Hoka Hay abzuwarten, kämpften sich die Jungs durch die flüchtende Menschenmasse zum Fenster vor. Als sie in der Menge auf einmal Tupua IV. gegenüberstanden, stutzte der Südseekönig und murmelte eine Verwünschung. Aber nur kurz, dann drängte auch er weiter zu den Türen und schrie nach seinen Kriegern, die im Gegensatz zu ihm den rettenden Ausgang schon fast erreicht hatten. Bob und Tim waren die Einzigen, die gegen den Strom der Flüchtenden unterwegs waren.

»●@⚡☠≡#†«, brüllte ihnen Hoka Hay wütend hinterher, doch da hatten die Jungs bereits die zerbrochene Scheibe erreicht. Tim bückte sich und nahm eine der vielen Scherben, die überall herumlagen, in die Hand. Vorsichtig leckte er mit der Zunge darüber.

»Du meinst, der Kerl hat seinen Abgang vorher genau so geplant?«

»Genau das meine ich. Der Professor liebt spektakuläre Auftritte!«

Bob blickte aus dem Fenster auf den ausgetrockneten Kanal, der direkt unter ihnen lag.

»Dazu passt dann auch das Sprungkissen da unten, das seinen Fall abgefedert hat«, bemerkte Bob.

»Dann kann uns ja auch nichts passieren!«, entgegnete Tim.

Die zwei blickten noch einmal zurück in den Saal. Hoka Hay schob Snyder in seinem Rollstuhl vor sich her und brüllte dabei wenig überzeugend: »Nur keine Panik! Wir verlassen jetzt alle geordnet und in Ruhe das Gebäude!! Keine Panik bitte!!!«

»Ich will alle fünf Minuten Meldung haben!«, schrie Snyder den Jungs zu, die nebeneinander auf der Fensterbank standen und jetzt wieder in die Tiefe schauten.

»Das hättest du wohl gern«, murmelte Tim, dann griff er nach Bobs Hand und zählte: »Eins, zwei und drei!«

Bei »drei« sprangen sie gemeinsam hinunter in den Kanal. Wäh-

rend ihres kurzen Flugs sahen sie die Menschen, die aus dem Palast strömten und dabei an der Schlange der Gäste vorbeikamen, die immer noch geduldig auf ihren Einlass warteten. In der Reihe der Wartenden erkannten die Jungs auch Angela Steel. Anscheinend hatte ihr noch niemand gesagt, wie dramatisch sich die Lage innerhalb des Palazzos entwickelt hatte. Die Chefin des S.W.A.P. starrte überrascht zu ihnen hoch. Bob und Tim hatten gerade noch Zeit, mit ihrem Zeige- und Mittelfinger das Victoryzeichen zu machen, dann landeten sie auch schon in dem weichen Luftkissen, das auf dem Grund des Kanals Sekunden zuvor bereits Hazweio aufgefangen hatte.

»Da vorn! Das muss er sein!«, rief Tim und zeigte auf ein Quad, das am Ende des Kanals um die Ecke bog.

Bob lief auf eines der vierrädrigen Motorräder zu, die in dem Kanal vor dem Palazzo parkten. Er schwang sich auf den Sitz und stellte erfreut fest, dass der Zündschlüssel steckte.

»Kannst du das überhaupt fahren?«, fragte Tim, als er hinten aufsprang.

KAPITEL EINUNDZWANZIG
MOTOCROSS IN RUINEN

Der Matsch klatschte rechts und links gegen die hohen Kanalwände, als Bob und Tim in ihrem Quad um die Kurve rasten, hinter der Hazweio gerade verschwunden war.

»Dreh dich nicht um und reich mir das S.W.A.P.-Book!«, brüllte Tim seinem Freund ins Ohr. Er musste schreien, weil der Motor ihres Quads so laut war.

»Warum soll ich mich nicht umdrehen?«, brüllte Bob zurück. »Und was willst du mit dem Handbuch? Wir brauchen kein Navi, der Typ ist direkt vor uns!«

»Ich brauche das Handbuch, weil ich ein paar Berechnungen machen muss. Und du sollst dich nicht zu mir umdrehen, damit du nicht nervös wirst und uns gegen eine dieser veralgten Kanalwände fährst«, erwiderte Tim.

Natürlich schaute Bob über seine Schulter, weil er wissen wollte, warum er nicht gucken sollte. Sie wurden von fünf Motocross-Bikes verfolgt, und auf die Entfernung war nicht zu erkennen, auf welcher Seite die Fahrer standen. Für einen Moment glaubte er, dass Angela Steel eines der Motorräder fuhr. Aber da konnte er sich auch irren. Die Abgase und der aufgewirbelte Schlamm bildeten hinter ihnen eine graubraune Wolke, durch die man kaum etwas erkennen konnte.

Bob drehte sich wieder nach vorn und konnte in letzter Sekunde einem Lastkahn ausweichen, der quer im Kanal lag und nur rechts und links einen schmalen Durchgang zwischen Bug und Heck auf der einen und der Kanalwand auf der anderen Seite freiließ. Bob gelang es haarscharf, das Quad durch eine der beiden Lücken zu lenken. Mindestens einem ihrer Verfolger gelang das nicht, das hörten sie an dem Knall und der anschließenden Explosion hinter sich. Hazweio hatte inzwischen auch bemerkt, dass Bob und Tim ihm auf den Fersen waren. Immer wieder wandte er sich zu ihnen um, um zu sehen, ob es ihnen gelang, den Abstand zu verringern.

Tim versuchte sich an den Kirchen zu orientieren, um herauszufinden, wo genau in Venedig sie sich gerade befanden. Er war sich fast sicher, dass sie ganz in der Nähe des Canal Grande waren, der sich wie eine Hauptverkehrsstraße durch die Stadt schlängelte.

Mit einer Hand am Lenker steuerte Bob ihr Gefährt in einen größeren Kanal, in den Hazweio vor ihnen abgebogen war, mit der anderen kramte er den Minicomputer aus der Innentasche seines Kellnerjacketts und reichte ihn seinem Freund nach hinten.

Tim übersprang die Sprachsteuerung und begann hektisch Zahlenkolonnen in das Gerät einzugeben. Manchmal stockte er, weil er zusätzliche Informationen brauchte. Zum Glück besaß das Gerät eine Wi-Fi-Verbindung, und weil der S.W.A.P. diesmal offensichtlich seine Rechnungen bezahlt hatte, konnte Tim auf dem Rücksitz des Quads auf alle Datenbanken dieser Welt zugreifen.

»Kannst du nicht aufpassen?«, brüllte Tim, als ein Schlammspritzer mitten auf dem Display landete.

»Oh, tut mir schrecklich leid«, brüllte Bob zurück. »Ich suche einen Parkplatz, damit du dahinten in Ruhe deine Computerspiele daddeln kannst. Aber beschwer dich nicht, wenn Hazweio uns dann entwischt.«

Tim wagte einen Blick über Bobs Schulter nach vorn. Hazweio hatte den Abstand nicht vergrößern können und umkurvte gerade einen verrosteten Müllcontainer, den jemand schon vor der Trockenzeit im Kanal versenkt haben musste. Ein zweiter Blick über seine eigene Schulter zeigte, dass es auch ihnen nicht gelungen war, ihre Verfolger abzuschütteln. Im Gegenteil, sie waren näher gekommen. So nah, dass Tim die Mündung eines Gewehrs erkennen konnte, das direkt auf ihn gerichtet war. Die Kugel schlug knapp über ihm in einen Brückenbogen ein.

»Ich spiele nicht! Ich rechne. Und du solltest, statt Blödsinn zu quatschen, lieber Gas geben!«, schrie Tim und klopfte Bob auf die Schulter. »Und dich lieber nicht umgucken! Und vor allem nicht bremsen! Auf keinen Fall bremsen!«

»Warum?«

»Vertrau mir einfach und fahr!«

Tim konzentrierte sich wieder auf den Rechner, was nicht ganz einfach war, weil ihnen die Kugeln jetzt rechts und links um die Ohren pfiffen und das Quad auf dem rutschigen Boden immer wieder ins Schleudern geriet. Aber da es ihren Verfolgern auch nicht besser ging, verfehlten die Kugeln ihr Ziel deutlich.

»&@ϟ☠≡#†!«, fluchte Tim plötzlich.

»Bist du getroffen?« Bob drehte sich besorgt um, wobei ihr Gefährt ins Schlingern geriet und beinahe die Kanalwand gerammt hätte.

»Die Ballerei ist weniger gefährlich als dein Fahrstil.«

»Sehr lustig, und jetzt sag schon, was los ist!«

»Hier wird gleich ein gewaltiges Erdbeben stattfinden. Und zwar in genau vier, drei, zwei, einer Sekunde!«

In dem Mauerwerk der Brücke, die vor ihnen lag, hatten sich durch den Erdstoß Risse gebildet, die schnell breiter wurden. Bob ließ den Motor noch einmal aufheulen. In letzter Sekunde bretterten sie auf ihrem Quad unter dem Brückenbogen hindurch, da brach sie auch schon in sich zusammen.

»Ist das nicht diese Rialtobrücke, die du mir vorhin gezeigt hast?«, rief Bob.

»Nein, das *war* die Rialtobrücke!«, brüllte Tim zurück. Er drehte sich noch einmal um und sah die Trümmer der berühmtesten Brücke Venedigs hinter sich auf dem Grund des Kanals liegen. »Immerhin hört die blöde Knallerei jetzt auf. Unsere Verfolger haben es nicht mehr geschafft.«

»Bingo, Flamingo! Dann können wir uns jetzt ja ganz auf Hazweio konzentrieren«, schrie Bob, der im Slalom den herabstürzenden Steinen auswich. Während sie den Professor durch den matschigen Canal Grande verfolgten, fielen rechts und links die berühmten Paläste Venedigs wie Kartenhäuser in sich zusammen. Der Krach der einstürzenden Mauern schaffte es sogar, den Lärm des Quadmotors zu übertönen.

Tim musste immer wieder mit dem Ärmel über das Display wischen, weil es voller Trümmerstaub war und er die endlosen Zahlenkolonnen, die er für seine Berechnungen brauchte, nicht mehr erkennen konnte.

»Das da vorn ist übrigens ... äh ... das war übrigens der Palazzo Grimani«, bemerkte Tim, als er kurz von seinem Rechner aufblickte und die Ruinen des alten Gebäudes erblickte. »Gebaut Mitte des 16. Jahrhunderts.«

»Kein Wunder, dass der zusammenbricht, wenn er schon so alt war«, erwiderte Bob.

»Banause!«, murmelte Tim und steckte das Handbuch in die Tasche seines Kellnerjacketts. Er hatte herausgefunden, was er wissen wollte, und beugte sich nach vorn zu seinem Freund. »Hast du was Warmes zum Anziehen dabei?«

»Warum sollte ich?«, fragte Bob.

»Weil es ziemlich kalt ist, wo wir hinmüssen, wenn uns Hazweio hier entwischt.«

»Cool! Mir wird es hier nämlich langsam zu heiß.«

Immer noch fielen überall Fassadenteile in den Kanal. Nur ganz wenige Gebäude waren stabil genug, um das Erdbeben zu überstehen. Die altersschwachen Holzpfähle, die die Erbauer der Stadt vor Jahrhunderten in die Erde der Lagune getrieben hatten, waren den Erschütterungen nicht gewachsen. Tim wollte sich lieber nicht ausmalen, was geschehen wäre, wenn sich in der Stadt die üblichen Touristenmassen aufgehalten hätten. Aber zum Glück hatte der Gestank nicht nur die meisten der Besucher, sondern auch viele der Einwohner aus Venedig vertrieben.

Hazweio konnte die hohe Geschwindigkeit nicht halten, weil er sich jetzt mit seinem Quad wie ein Rallyefahrer die Ideallinie durch den mit Trümmern übersäten Kanal suchen musste. Bob hatte es leichter, er brauchte nur Hazweios Spur zu folgen, und selbst wenn sie den Professor für einen Augenblick aus den Augen verloren, waren die Reifenabdrücke im Schlamm des Kanals gut zu erkennen und führten sie sicher durch das Chaos hindurch. Bis hier hatte Hazweio mit seinem Quad immer noch eine Lücke zwischen herabgefallenen Fassadenteilen, auf dem Grund festliegenden Schiffen und in den Kanal geworfenen Müllsäcken gefunden. Immer häufiger aber erschütterten jetzt Explosionen die Stadt. In den Ruinen strömte das Gas aus den geborstenen Leitungen und entzündete sich. Die Folge war, dass die Steine nicht nur von oben auf sie herabstürzten, sondern ihnen immer häufiger auch quer um die Ohren flogen.

Weil die zusammengebrochenen Brücken den Weg in die kleinen abgehenden Kanäle versperrten, war Hazweio gezwungen, im Canal Grande zu bleiben. Dort gab es insgesamt nur vier Brücken, das wusste Tim noch vom letzten Venedigbesuch mit seinen Eltern. Zwischen ihnen und der offenen Lagune lag nur noch eine: die Accademia-Brücke. Und wenn er sich nicht täuschte, müsste sie gleich vor ihnen auftauchen. Oder zumindest das, was von ihr nach dem Erdbeben noch übrig war.

Hey Jungs! Meldet euch gefälligst! Wo zum Teufel steckt ihr?
Die Mumie! Stört wie immer bei der Arbeit.
Das habe ich gehört!
Und? Alles klar bei Ihnen?
Klar ist alles klar bei mir. Alle sind heil aus dem Palazzo raus. Sogar das Kamel.
Hoka auch?
Ja, aber die ist stinksauer auf euch, weil ihr den ganzen Spaß alleine habt.

»Und die Chefin?«, fragte Tim.

»Die hält die Stellung auf der anderen Seite der Rialtobrücke und sorgt dafür, dass euch keiner in den Rücken fällt. An der kommt keiner vorbei, so wütend wie die ist.«

»Wieso?« Bob zog reflexartig den Kopf ein, weil ein Marmorengel, den eine Gasexplosion von seinem Sockel gerissen hatte, eine Handbreit über seinem Kopf vorbeischoss.

»Weil sie mit ihren nagelneuen Stöckelschuhen knöcheltief im Schlamm steckt und ihr schickes Abendkleid nach der Tour auf dem Motorrad auch völlig ruiniert ist. Der solltet ihr in nächster Zeit besser nicht unter die Augen kommen. Und jetzt verratet mir endlich, wo ihr steckt!«

»Im Canal Grande. Hazweio fährt direkt vor uns, und ich weiß jetzt auch, wo das ganze Wasser hin ist!«, erwiderte Tim.

»Und wohin, Klugscheißer?«, knurrte Snyder.

»Später. Ende und raus«, unterbrach Tim das Gespräch, weil direkt vor ihnen die völlig zerstörte Accademia-Brücke auftauchte. Die Holzbalken der Konstruktion lagen quer über die gesamte Breite des Kanals verstreut und machten ein Durchkommen unmöglich.

Bob drosselte das Tempo, um sich sofort auf den Professor stürzen zu können, falls der von seinem Quad stieg und zu Fuß weiterflüchten wollte.

Doch anstatt zu bremsen, steuerte Hazweio mit unvermindertem Tempo auf ein Boot zu, das mit dem Rumpf nach oben vor der Brücke lag. Mit Vollgas schoss er über die veralgten Planken, nutzte dabei die Krümmung des Schiffsrumpfs als Rampe und hob ab. Der Schwung reichte, um Hazweio mit seinem Quad über die zerstörte Brücke zu katapultieren. Als er den Höhepunkt seiner Flugkurve erreicht hatte, drehte er sich zu den Jungs um und stieß ein teuflisches Lachen aus. Kurz darauf war von ihm nichts mehr zu sehen, weil die Trümmerteile den Blick auf die andere Seite des Kanals versperrten.

»Schaffst du das auch?«, fragte Tim besorgt.

Ihr Quad schüttelte Bob und Tim kräftig durch, als es auf der anderen Kanalseite wieder auf dem Boden aufsetzte. Hazweio hatte seinen Vorsprung ausgebaut. Er war jetzt schon fast am Ende des Kanals und steuerte an den Ruinen vorbei auf die schlammige Lagune zu.

KAPITEL ZWEIUNDZWANZIG
AUFBRUCH ZUM SÜDPOL

Die Lagune vor dem Markusplatz war voller Menschen. Venezianer und Touristen, die von dem Erdbeben überrascht worden waren, hatten sich auf die freie Fläche vor der Stadt geflüchtet. Sie standen knöcheltief im Schlamm und starrten fassungslos auf das, was von Venedig übrig geblieben war.

Hazweio nahm keine Rücksicht auf sie, sondern heizte mit seinem Quad einfach quer durch die Menge, die sich nach rechts und links flüchtete, um nicht überfahren zu werden. Bob und Tim nutzten die Gasse, die sich dadurch bildete, und konnten so den Abstand zu Hazweio wieder verringern.

»Gleich haben wir ihn!« Bob wandte sich zu Tim um und reckte zuversichtlich den Daumen in die Höhe.

»Und was machen wir, wenn wir ihn haben?«

»Das lass mal meine Sorge sein! Man nennt mich ja nicht umsonst *Die Faust*!«

»Oh, das beruhigt mich jetzt aber ungemein. Der Typ da vorne ist ein internationaler Top-Verbrecher. Das ist etwas anderes als eine Prügelei auf dem Schulhof. Oder mit einem Mädchen im Kimono.«

»Da gibt es keinen Unterschied, glaub mir«, erwiderte Bob.

Zwischen ihnen und Hazweio lagen jetzt nur noch etwa fünfzig Meter, und der Vorsprung des Professors schmolz zusehends.

Als es nur noch rund vierzig Meter waren, hörte Tim hinter sich ein Motorengeräusch. Aus nördlicher Richtung flog ein Learjet im Tiefflug über die Trümmer der Stadt. Er hielt genau auf sie zu und ging dabei tiefer, so als wollte der Pilot in der Lagune landen.

»Wir kriegen Besuch«, rief Tim und klopfte Bob auf die Schulter.

Das Flugzeug schwebte extrem langsam auf sie zu, war aber trotzdem schneller als die beiden Quads. Der Abstand zwischen den Jungs und Hazweio betrug jetzt höchstens noch zwanzig Meter, als der Learjet über sie hinwegdonnerte und eine Strickleiter aus einer Klappe auf der Unterseite des Flugzeugrumpfs herabgelassen wurde. Bob und Tim mussten den Kopf einziehen, sonst hätten die Holzsprossen die beiden Jungs glatt von ihrer Sitzbank gefegt. Der Flieger machte einen kleinen Schlenker, um Hazweio nicht zu gefährden, und reduzierte seine Geschwindigkeit noch einmal, sodass die Leiter nun genau vor dem Quad des Professors schwebte. Hazweio brauchte nur noch die Hand auszustrecken. Tim blickte nach oben. Die Heckflosse des Learjets, auf der ein großes Pinguinlogo prangte, schwebte direkt über ihnen. Tim zog automatisch den Kopf ein. Bob dagegen drückte noch einmal aufs Gas, um den Professor doch noch zu stoppen. Aber obwohl Hazweio zweimal zugreifen musste, ehe er die Strickleiter zu fassen bekam, konnte er nicht verhindern, dass sich der Professor in die Höhe ziehen lassen konnte, während sich sein fahrerloses Quad dreimal überschlug und über den glitschigen Boden schlidderte. Als Hazweio durch die Klappe im Inneren des Fliegers verschwunden war, zog der Pilot die Maschine steil nach oben und schaltete den Turbo ein.

Die nächsten Minuten sprach Tim über den Kopfhörer mit Snyder, der ihm erklärte, dass es keine Shuttlestation in der Antarktis gab (»Da will doch kein Schwein hin«), der S.W.A.P. außer Snyders Ultraleichtflugzeug nur ein einziges weiteres Flugzeug besaß (»Und das ist gerade unentbehrlich!«) und der endlich wissen wollte, was überhaupt los war (»Jetzt spuckt endlich aus, was ihr rausgefunden habt!«).

»Wir brauchen aber den Flieger! Dringend!«, beharrte Tim.

»Absolut unmöglich«, erwiderte Snyder.

»Warum?«, fragte Bob.

»Angela hat ihn sich reservieren lassen. Sie muss dringend nach Paris.«

»Aber Hazweio ist nicht in Paris!« Tim war von dem Quad gestiegen und starrte sehnsüchtig einen amerikanischen Touristen an, der eine Wasserflasche in der Hand hielt. »Was will sie überhaupt da?«

»Shoppen«, antwortete Snyder.

»Warum nimmt sie dann kein Shuttle?«, rief Bob dazwischen.

»Das darf ich euch nicht sagen.«

»Kommen Sie schon, Snyder! Wir gehören doch auch zur Firma. Wir verraten es auch niemandem«, versprach Tim.

»Angela leidet unter Platzangst. Aber von mir wisst ihr das nicht, verstanden?«

Bob musste lachen, und Tim sagte: »Jetzt kapiere ich auch, warum wir mit ihr immer die Treppe nehmen mussten und nie mit dem Aufzug gefahren sind. Damals in der Zentrale und bei Ihnen im Krankenhaus!«

»Gut beobachtet«, lobte Snyder.

»Ich bin *Big Brain*, schon vergessen? Und jetzt schicken Sie schon den Flieger vorbei. Wir brauchen den dringender als unsere Shopping-Queen.«

»Absolut ausgeschlossen«, erwiderte Snyder.

»Hier ist gerade Venedig untergegangen, und wenn wir Hazweio nicht stoppen, verdurste nicht nur ich, sondern die ganze Menschheit! Wir brauchen diesen Flieger!« Tim konnte es einfach nicht fassen.

»Mach mal halblang, Junge! Wenn du schon so lange bei dem Laden wärst wie Angela und ich, würdest du die Sache lockerer sehen. Die Menschheit ist immer kurz davor, gerade unterzugehen. Tut sie aber nicht, weil es dem S.W.A.P. am Ende dann doch noch immer irgendwie gelingt, die Welt vor irgendwelchen absolut bösen Widerlingen zu retten.«

»Und wenn es diesmal nicht funktioniert?«, fragte Bob.

Auf der anderen Seite der Leitung herrschte für einen Moment Stille.

»Okay, ich sehe zu, was sich machen lässt«, knurrte Snyder. »Fahrt zum Flughafen, der liegt auf dem Festland am anderen Ende der Lagune. Wenn alles gut geht, ist der Flieger in einer Stunde bei euch. Aber dann will ich endlich wissen, was ihr vorhabt. Ende und raus!«

»Und vergessen Sie nicht, eine Flasche Wasser an Bord bringen zu lassen. Am besten einen ganzen Kasten!«, schrie Tim in der Hoffnung, dass Snyder das noch gehört hatte.

Bob und Tim starteten ihr Quad und fuhren einmal außen um die zerstörte Stadt herum. Der Weg quer durch Venedig wäre zwar schneller gewesen, doch wegen der vielen Trümmer waren die Kanäle mittlerweile alle unpassierbar geworden.

»Ich habe mich die ganze Zeit gefragt, wo all das viele Wasser bleibt«, begann Tim zu erklären. »Das kann ja nicht einfach so verschwinden.«

»Klar kann es das. Wenn ich Wasser zum Kochen bringe, verschwindet es ja auch«, erwiderte Bob wenig überzeugt.

»Tut es eben nicht. Es verwandelt sich nur. Wenn Hazweio alles

Wasser hätte verdampfen lassen, wäre die ganze Welt in dicken, grauen Nebel gehüllt. Er hat es verwandelt, nur eben in eine andere Form.«

»Was denn für eine andere Form?«, fragte Bob.

»Er hat es nicht verdampfen lassen, sondern daraus Eis gemacht. Und es gibt nur zwei Orte, wo man so viel Eis lagern kann, wenn man keine gigantische Kühltruhe hat.«

»Der Nord- oder der Südpol!«

»Kluges Kerlchen! Und daher kommen auch die ganzen Erschütterungen. Das sind keine Erdbeben.«

»Was soll es denn sonst sein?«

»Das ist, als wenn dein Fahrradreifen eiert. Weil plötzlich so viel zusätzliches Eis am Nord- oder Südpol gelagert wird, dreht sich die Erde nicht mehr schön rund, sondern hüpft manchmal aus dem Takt. Und dann wackelt es eben hier.« Tim zeigte auf die zerstörten Gebäude der Lagunenstadt, die zu ihrer Linken lag.

»Und da, wo das Eis ist, finden wir auch Hazweio.«

»Genau! Ich wusste nur nicht, wo genau er das ganze gefrorene Wasser lagert: ob am Nord- oder am Südpol. Da haben mir auch meine Berechnungen mit dem S.W.A.P.-Computer nicht geholfen. Aber dann kam der Flieger mit dem Pinguinlogo.«

»Und?«

»Pinguine leben nur am Südpol.

»Sicher?«

»Das weiß doch jeder!«

»Ich nicht! Ich war nämlich noch nie am Südpol. Also, woher soll ich das wissen?«

»Das steht in Büchern! Liest du keine Bücher?« Tim schüttelte ungläubig den Kopf.

»Nö! Und selbst wenn, heißt das ja nicht, dass das alles stimmt, was da drin steht. Wird ja auch viel gelogen in Büchern. Ich mach mir lieber selbst ein Bild.«

»Das kannst du dann ja auch bald ... Falls die Chefin den Flieger rausrückt.«

Vor dem Eingang zum Flughafen stand eine lange Schlange von Menschen, die die zerstörte Stadt so schnell wie möglich verlassen wollten und auf einen Platz im nächsten Flieger hofften.

»Wir können uns hinten anstellen oder aber mit dieser seltsamen Erdmännchen-Plakette wedeln, die die Chefin uns gegeben hat. Vielleicht beeindruckt das hier ja irgendjemanden«, schlug Tim vor.

»Glaub ich eher nicht.«

»Ich auch nicht.« Tim betrachtete durstig ein paar fliegende Händler, die an der Schlange auf und ab liefen und Wasser in kleinen Plastikflaschen verkauften. Das Stück zu hundertfünfzig Euro.

»Hey, Jungs! Hier drüben bin ich! Hallo!« Es war Hoka Hay, die nach ihnen rief. Sie stand winkend an einer Seitentür des Terminals und trug statt ihres Kimonos wieder eine Ninja-Uniform, die diesmal jedoch aus weißem statt aus schwarzem Stoff genäht war.

Bob winkte glücklich zurück, während Tim weniger erfreut wirkte, Hoka Hay wiederzusehen. Trotzdem ging er mit seinem Freund zu ihr hinüber.

»Sagt nicht, ihr wolltet euch da ganz hinten in der Schlange anstellen?«, begrüßte Hoka Hay die beiden Jungs.

»Wie kommst du denn darauf?!«, sagte Tim. »Und was machst du überhaupt hier?«

»Ich freu mich auch sehr, euch beide wohlbehalten wiederzusehen«, erwiderte das Mädchen und lächelte dabei breit über das ganze Gesicht.

»Und ich mich erst.« Bob lächelte zurück und stieß Tim mit seinem Ellenbogen vorwurfsvoll in die Rippen. »Tim natürlich auch. Er kann das nur nicht so zeigen.«

»Aua! Sie hat meine Frage noch nicht beantwortet.«

»Ich habe doch gesagt, dass ich keine Lust habe, die ganze Zeit die Krankenschwester zu spielen, während ihr den ganzen Spaß allein habt. Thomas hat mir verraten, dass ihr wisst, wo Hazweio steckt. Da bin ich natürlich dabei.«

»Kommt gar nicht infrage!«, widersprach Tim.

»Ihr habt gar keine Wahl. Oder könnt ihr etwa ein Flugzeug fliegen? Ich bin eure Pilotin.«

»Du?«, fragte Tim verwundert.

»Traust du mir das etwa nicht zu?«, fragte Hoka Hay beleidigt zurück.

»Dir trau ich alles zu«, erwiderte Tim. »Aber wir brauchen dich nicht. Das schafft Bob auch so. Der kann mit allem umgehen, was einen Motor hat. Nicht wahr, *Faust*?«

»Äh, nein«, bemerkte Bob, ohne seinen Blick von Hoka Hay abwenden zu können.

»Wie ›nein‹?!« Tim sah seinen Freund überrascht an.

»Ich hab gesagt, ich fahr dir alles, was Räder hat.«

»Flugzeuge haben Räder!«, erwiderte Tim.

»Ja, aber nicht, wenn sie in der Luft sind. Ich habe nie behauptet, dass ich ein Flugzeug fliegen kann. Das ist ein ganz anderes Kaliber, als ein Motorrad zu steuern!«

»Meine Rede!«, strahlte das Ninja-Mädchen und hielt den beiden Jungs die Tür hinter sich auf. »Und jetzt folgt mir einfach.«

Tim seufzte einmal schwer, und Bob zog entschuldigend die Schultern hoch, als Hoka Hay sich umgedreht hatte, um vorauszugehen.

Der Flur hinter der Tür führte durch das Terminal vorbei an den Sicherheits- und Zollkontrollen direkt hinaus auf das Flugfeld, auf dem neben einigen größeren Passagiermaschinen auch einige moderne Privatjets parkten.

»Und ob das Sinn macht«, erwiderte Hoka Hay. »Als das Shuttlenetz fertig war, war der S.W.A.P. so pleite, dass er keinen Cent mehr übrig hatte. Das Geld reichte gerade noch für diese Propellermaschine hier und den Ultraleichtflieger, den Thomas ab und zu benutzt.«

»Den, in dem er geflogen ist, als du versucht hast, ihn runterzuschießen«, bemerkte Tim.

»Jetzt hör endlich auf damit!«, fuhr Bob ihn an.

»Ich habe nicht auf ihn geschossen! Ich war doch selbst mal bei dem Laden.«

»Und wo bist du jetzt?«, fragte Tim.

»Mal hier, mal da«, erwiderte das Mädchen ausweichend. »Und nun kommt schon, Otto wartet auf uns.«

Der dicke Agent hatte sie bereits entdeckt und winkte ihnen aus dem Cockpit zu.

»Jetzt lass die Kleine doch mal in Ruhe! Ständig meckerst du an ihr rum«, zischte Bob seinem Freund zu, als sie hinter dem Ninja-Mädchen auf das Flugzeug zuliefen.

»Ich trau ihr einfach nicht«, flüsterte Tim zurück.

»Weißt du, was ich eher glaube?«

»Sag's mir!«

»Dass es nur einen einzigen Grund gibt, warum du ihr nicht traust.«

»Und welcher ist das bitte schön?«

»Dass *Big Brain* bis über beide Ohren in das Mädel verschossen ist und das nur niemand merken soll.«

»Oh, ich habe gar nicht mitgekriegt, dass du nebenbei ein Psychologiestudium abgeschlossen hast. Das ist so ziemlich das Blödeste, was ich jemals von dir gehört habe. Und das will echt was heißen!«

»Ist es nicht. Aber ich warne dich, die Kleine gehört mir.«

»Keine Angst, ich habe gar kein Interesse an ihr.«

»Das möchte ich dir auch geraten haben.«

»Soll ich dir das schriftlich geben?«

»Gern.«

»Da gebe ich dir sogar einen Stempel drauf.«

»Ich glaub dir trotzdem nicht.«

»Wie lange kennen wir uns schon?«

»Eben!«

Hoka Hay hatte inzwischen bereits den Flieger erreicht, und Otto half ihr beim Einsteigen.

Hätte nicht gedacht euch wieder-zusehen. Zumindest nicht lebend.
Danke, gleichfalls.

Kapitel Dreiundzwanzig
Sprung ins Eis

Hinter dem Cockpit befand sich ein kleiner Raum mit zwei Sitzen rechts und links an den Fenstern. Mehr Platz gab es nicht.

»Schaffen wir das mit dem Teil hier überhaupt bis zum Südpol?«, erkundigte sich Bob.

»Keine Sorge, die gesamte hintere Ladefläche wurde zu einem gigantischen Tank umgebaut, um den Vogel für Langstreckenflüge fit zu machen. Ich habe ihn eben noch randvoll aufgefüllt«, beruhigte ihn S.W.A.P. 0815.

»Das heißt, wir sitzen in einer fliegenden Bombe«, seufzte Tim und schaute zu Hoka Hay hinüber. »Egal. Hauptsache, ich kriege endlich was zu trinken. Ein Glas Wasser, bitte.«

»Das ist ein Billigflug, hier gibt es keine Gratisgetränke an Bord. Und selbst wenn, würde ich ganz bestimmt nicht für dich die Stewardess spielen«, erwiderte Hoka Hay und lächelte gequält. »Schnallt euch lieber an!«

Dann ließ sie sich auf den Pilotensitz gleiten und startete die Propeller. Das Ninja-Mädchen wartete gar nicht erst auf eine Erlaubnis des Towers, sondern fädelte sich auf der Startbahn einfach zwischen zwei Urlaubsfliegern ein und gab so viel Gas, dass Bob und Tim in ihre Sitze gedrückt wurden.

Hoka Hay umkurvte die Maschinen, deren Piloten brav auf die Freigabe warteten, drängelte sich vor eine Boeing, die gerade durchstarten wollte, tauchte unter einem landenden Airbus durch und schoss die Startbahn entlang, als wäre es eine Hochgeschwindigkeitsteststrecke. Erst kurz vor den rot blinkenden Schildern, die das Ende der Startbahn markierten, zog sie den Flieger steil nach oben, drehte eine letzte Runde über der zerstörten Stadt und nahm Kurs Richtung Süden.

»Du glaubst also, dieser Hazweio hat das ganze Wasser zum Südpol gebeamt und dort zu einem riesigen Eisgebirge aufgetürmt, das die Rotation aus dem Gleichgewicht gebracht hat und somit auch für die Beben verantwortlich ist. Richtig?« Hoka Hay hatte sich auf den freien Platz gesetzt und sah Tim fragend an.

»Woher weißt du, dass ich das glaube?«, fragte Tim verwirrt zurück.

Das Ninja-Mädchen griff sich in die Haare und hob sie über ihren Ohren so weit in die Höhe, dass die Jungs den kleinen Kopfhörer in ihrer Ohrmuschel sehen konnten. Es war der gleiche, den auch Bob und Tim von Angela Steel bekommen hatten. Damals, als die Chefin sie angeworben hatte. Obwohl es erst ein paar Tage her war, schien es den beiden Jungs schon eine Ewigkeit zurückzuliegen.

»Dann hast du alles gehört? Also auch das vorhin? Und überhaupt die ganze Zeit alles, was wir besprochen haben?« Bobs Wangen wurden mit einem Schlag knallrot.

»Was denkst du denn?! Ihr zwei seid wirklich süß, hat euch das schon mal jemand gesagt?«

»Bisher hat das noch keiner gewagt«, entgegnete Tim.

»Egal. Snyder weiß jedenfalls auch schon Bescheid. Ich habe ihm alles erklärt, also das mit dem ganzen Eis am Südpol, und er hat gleich ein paar Spionagesatelliten darauf ...«

»Du hast es ihm erklärt? Das war meine Theorie!« Tim wollte

aus seinem Sitz aufspringen, aber das klappte nicht, weil er noch angeschnallt war.

»Natürlich habe ich ihm gesagt, dass es deine Idee war! Was glaubst du denn?! Obwohl es völlig egal ist, wessen Theorie das ist. Meine Theorie, deine Theorie. Wichtig ist doch nur, dass wir Hazweio stoppen«, erwiderte Hoka Hay unbeeindruckt. »Dafür müsst ihr euch aber noch umziehen.«

Das Ninja-Mädchen zeigte auf die Kellneranzüge der beiden Jungs, die nach der Verfolgungsjagd durch die schlammigen Kanäle über und über mit Dreck bespritzt waren. Dann holte sie ein Paket unter den Sitzen hervor. Darin befanden sich zwei schwarze Overalls, die auf den Beinen, der Brust und den Armen mindestens hundert aufgesetzte Taschen besaßen.

»Besser, ich geh mal wieder nach vorn, um nach dem Rechten zu sehen, sonst setzt Otto uns noch am Nord- statt am Südpol ab. Wenn ich weg bin, könnt ihr euch auch ungestört umziehen!« Den letzten Satz hatte Hoka Hay geflüstert und dabei so nett gelächelt, dass zumindest Bob ihr nicht mehr böse sein konnte.

»Schlaft ein bisschen, wenn ihr fertig seid. Ich wecke euch, wenn wir da sind«, verabschiedete sich Hoka Hay und verschwand wieder im Cockpit.

Tim machte Bob Zeichen, die Kopfhörer aus den Ohren zu ziehen, damit weder Hoka Hay noch Snyder sie belauschen konnte.

»Die verarscht uns von vorne bis hinten!«, sagte Tim leise.

»Aber sie hat doch recht! Am Ende ist nur wichtig, dass Hazweio gestoppt wird«, erwiderte Bob. »Du bist nur beleidigt, weil sie Snyder von deiner Theorie erzählt hat und du ihm nicht selbst beweisen konntest, wie klug du bist.«

»Ich bin nicht beleidigt!«

»Bist du wohl, du *Brain*.« Bob hielt seinem Freund den schwarzen Overall hin. »Und jetzt zieh das an und lass uns eine Runde pennen. Unausgeschlafen ist meine *Faust* zu nichts zu gebrauchen, und ich habe das dumme Gefühl, ich werde sie bald benötigen.«

Immer noch grummelnd zog Tim sich um. Plötzlich kicherte er.

»Warum lachst du?«, wollte Bob wissen.

»Na, weil sie dein ganzes Rumgesumse, *wie toll sie ist*, auch gehört hat. Du hast dich voll lächerlich gemacht.«

»Muss nicht sein. Vielleicht war sie zu dem Zeitpunkt gar nicht auf Sendung«, murmelte Bob, der schon wieder rot wurde.

»Klar war ich auf Sendung!«, klang Hoka Hays Stimme über den Bordlautsprecher.

»Wie hast du uns denn jetzt hören können? Wir haben die Kopfhörer draußen«, rief Tim nach vorne.

»In der Kabine sind überall Mikrofone versteckt. Was glaubt ihr denn? Und jetzt schlaft endlich.«

»Schläfst du eigentlich nie?«, wollte Bob wissen.

»Ich habe mir das mit acht Jahren abtrainiert«, antwortete Hoka Hay. »Träumt was Schönes, aber wehe, ihr träumt von mir!«

Bob und Tim waren tatsächlich müde. Sie suchten auf den Sesseln eine bequeme Position, und obwohl das völlig unmöglich war, fielen die Jungs schnell in einen tiefen, traumlosen Schlaf. So als hätte ihr Unterbewusstes die Drohung des Ninja-Mädchens verstanden.

Als Bob aufwachte, erstreckten sich unter ihnen bereits die endlosen weißen Flächen der Antarktis.

»Dahinten muss es sein!« Bob schüttelte Tim an der Schulter.

»Was ist denn los?«, nuschelte Tim.

»Dahinten, das weiße Gebirge! Das muss es sein. Hazweios geheimes Wasserlager und seine Zentrale!«

Bob hatte kaum ausgesprochen, als sich auch schon Hoka Hay aus dem Cockpit meldete.

»Guten Morgen, Jungs! Wir sind gleich da. Snyder hat uns hierhergeleitet. Er hat das Eisgebirge auf den Satellitenaufnahmen erkannt.«

»Dafür braucht man keinen Satelliten, das erkennt man mit bloßem Auge«, brummte Tim, der verschlafen aus dem Fenster schaute.

»Macht euch bereit! In fünf Minuten haben wir unser Ziel erreicht.« Die Tür zum Cockpit ging auf, und Hoka Hay betrat die Kabine. Auf ihrem Rücken trug sie einen Rucksack, zwei weitere hielt sie in den Händen.

»Oh, wir gehen wandern«, sagte Bob.

»Ja, und freu dich: Es geht die ganze Zeit nur bergab«, erwiderte das Ninja-Mädchen und warf den Jungs die beiden Rucksäcke vor die Füße.

»Wie bergab?«, fragte Tim, der mit einem Mal hellwach war.

»Das sind eure Fallschirme. Wir springen ab, das ist unauffälliger, als mit dem Flieger zu landen.«

»Aber das haben wir noch nie gemacht!«, protestierte Tim.

»Ich habe meinen ersten Sprung absolviert, da war ich vier. Also stellt euch nicht so an! Alles, was ihr zu tun braucht, ist, bis fünf zu zählen und dann die Reißleine zu ziehen. Der Rest geht ganz automatisch.«

»Aber …«

»Ihr könnt auch hierbleiben, aber dann fliegt euch Otto zurück, und ob das besser ist …« Tatsächlich fing der Flieger genau in diesem Augenblick gefährlich an zu schlingern, weil S.W.A.P. 0815 vorne im Cockpit den Autopiloten ausgeschaltet hatte. Hoka Hay musste sich für einen Moment an Tim klammern, um nicht umzufallen. Beiden war die Berührung spürbar unangenehm, und Bob schaute eifersüchtig zu ihnen hinüber.

»Und was machen wir, wenn wir unten angekommen sind?«, erkundigte sich Bob, während er sich den Rucksack mit dem Fallschirm aufsetzte.

»Wir dringen in seine Zentrale ein, besiegen Hazweios Privatarmee und nehmen ihn fest, damit er keinen Mist mehr bauen kann«, erklärte das Ninja-Mädchen ihren Plan. »Sag mal, gehst du nicht ins Kino?«

»Und womit, bitte schön, sollen wir seine Privatarmee besiegen?«, wollte Tim wissen, der sich ebenfalls seinen Rucksack schulterte.

»Na, damit natürlich!« Hoka Hay reichte ihnen einen Atomisator. »Garantiert frisch aufgeladen!«

»Noch eine Frage«, fuhr Tim fort. »Warum fliegst du die Kiste nicht wieder zurück und S.W.A.P. 0815 begleitet uns da runter?«

»Nichts, was ich lieber täte«, ertönte Ottos Stimme aus dem Lautsprecher. »Aber ich kann meine Koi-Karpfen nicht so lange allein lassen. Ich hoffe, ihr versteht das. Die sind sensibel. Und außerdem wartet die Chefin schon ungeduldig auf den Flieger. Ihr wisst doch, die will noch nach Paris. Ich wünsche euch auf jeden Fall viel Glück, wenn ihr da unten auf Eisbären trefft!«

»Das ist der Südpol. Da gibt es keine Eisbären«, bemerkte Tim.

»Und wenn doch, haben wir immer noch den hier.« Bob hielt den Atomisator hoch.

»Den kriege ja wohl ich!« Tim nahm seinem Freund die Waffe aus der Hand.

»Warum du?«

»Weil du deine Fäuste hast. Die müssen reichen«, antwortete Tim.

»Darf ich daran erinnern, dass du es warst, der das Ding auf der Mauer hat liegen lassen?«, entgegnete Bob.

»Und du? Du hast den Akku geschrottet, weil du unter Wasser damit rumballern musstest.«

»Also doch!«, stöhnte Hoka Hay. »Ich habe es ja geahnt.«

»Woher sollte ich das denn auch wissen?«, verteidigte sich Bob.

»Wissen nicht, aber denken! Du hättest es dir denken können. Du nimmst einen Föhn ja auch nicht mit in die Badewanne«, sagte Tim.

»Trotzdem ist der bei mir besser aufgehoben.« Beleidigt griff Bob nach der Waffe und ließ sie in einer seiner vielen Taschen verschwinden.

»Ganz ruhig, Jungs! Ihr werdet den Atomisator gar nicht brauchen, weil ich ja auch noch da bin. Bleibt einfach dicht hinter mir, dann passiert euch nichts!«

»Wer's glaubt«, murmelte Tim und rollte mit den Augen, als Hoka Hay auch schon mit einem kräftigen Ruck die Tür des Flugzeuges aufriss. Eisiger Wind schlug ihnen entgegen. Die Luft war so kalt, dass sie auf ihren Wangen brannte.

»Ihr solltet die Kopfhörer wieder einstöpseln, damit wir uns verständigen können, wenn wir springen«, rief das Ninja-Mädchen. Bob und Tim tauschten einen kurzen Blick, dann steckten sie sich die Hörer in die Ohren, weil Hoka Hays Vorschlag durchaus vernünftig klang. Im selben Augenblick hörten sie auch schon Snyder brüllen: »S.W.A.P. 0098! S.W.A.P. 0099! Meldet euch, verdammt noch mal!«

»Was ist denn jetzt schon wieder los?«, fragte Tim, der sich am Türrahmen festhielt, um nicht aus dem Flieger geweht zu werden.

»Was los ist?!«, schrie Snyder. »Ich habe seit ein paar Stunden absolut nichts von euch gehört! Das ist los!«

»Haben Sie sich etwa Sorgen um uns gemacht?«, fragte Bob.

»Klar habe ich mir Sorgen gemacht, was glaubt ihr denn? Ihr habt eine Menge Schulden beim S.W.A.P., die würden Angela und ich ungern abschreiben, nur weil euch ein *Unfall* passiert.«

»Wie fürsorglich«, bemerkte Tim.

»Zum Glück hat Hoka wenigstens rausgefunden, wo dieser Hazweio steckt und woher diese ganzen Erdbeben plötzlich kommen. Absolut gute Arbeit, Hoka!«

»Wie bitte?!«, brüllte Tim gegen den Lärm des Windes an. »Das war meine Idee! Nicht ihre!«

»Wir müssen jetzt los«, mischte sich das Ninja-Mädchen schnell ein, bevor Tim weiterreden konnte. »Wir melden uns, wenn wir unten sind.«

Bei dem Wort »unten« gab sie den beiden Jungs von hinten einen Schubs, der sie aus dem Flugzeug beförderte. Dann sprang sie hinterher.

Bob und Tim überschlugen sich in der Luft, und es dauerte eine Weile, bis sie wieder wussten, wo oben und unten war. Während sie versuchten, sich zu orientieren, stürzten sie in atemberaubender Geschwindigkeit in die Tiefe. Die fünf Sekunden mussten längst verstrichen sein, dachte Tim. Als wollte sie seine Einschätzung bestätigen, öffnete sich in diesem Augenblick der weiße Fallschirm von Hoka Hay etwa hundert Meter unter ihnen. Im Gegensatz zu den Jungs war sie die ersten Meter nicht wie ein nasser Sack, sondern mit angelegten Armen wie eine Rakete in die Tiefe gerast. Vor dem Hintergrund der gleichfarbigen Eiswüste war sie kaum zu erkennen. Bob flog keine zehn Meter von Tim entfernt, und er schien den Fall im Gegensatz zu seinem Freund sogar zu genießen. Es dauerte, ehe Tim kapierte, dass Bob ihm nicht fröhlich zuwinkte, sondern ihm Zeichen machte, dass es höchste Zeit war, die Reißleine zu ziehen. Er selbst hatte damit nur so lange gewartet, bis Tim seine Signale endlich verstanden hatte.

Als Bob den Kopf in den Nacken legte, sah er es selbst. S.W.A.P. 0815 oder wer auch immer hatte ihnen neongrüne Fallschirme in die Rucksäcke gepackt.

»💣@⚡☠≡#✝«, brüllte Bob.

»Heb dir das auf, bis du nach unten schaust.«

Sie waren jetzt höchstens noch hundert Meter vom Eis entfernt, wo zehn schwer bewaffnete Männer schon auf sie warteten.

»Kein Wunder! Mit den grünen Dingern sind wir ja auch nicht zu übersehen«, rief Tim seinem Freund zu. »Die Kleine hat uns ganz schön reingelegt. Da hätten wir unseren Besuch genauso gut auch telefonisch ankündigen können.«

»Wieso verdächtigst du immer Hoka? Vielleicht hat Otto versehentlich die Dschungelvariante eingepackt. Könnte doch sein?«

»Sag mal, in dem Traumland, in dem du lebst, gibt es da auch so ein rosa Karussell mit bunten Holzpferden?«

»Idiot!«

»Selber!«

Bevor Bob etwas erwidern konnte, landeten die beiden Jungs unsanft auf dem Eis, das sogar noch ein gutes Stück härter war, als Tim befürchtet hatte.

KAPITEL VIERUNDZWANZIG
IM EISIGEN ZENTRUM DER MACHT

Als die Jungs unter dem Seidenstoff ihrer neongrünen Fallschirme hervorkrochen, blickten sie in die Mündungen von zehn Uzis. Die Männer trugen hellgraue Uniformen mit dem Bild eines Pinguins direkt über ihrem Herzen. Fünf von ihnen richteten ihre Waffe auf Tim, die anderen fünf auf Bob.

»Seid ihr das Begrüßungskomitee? Das ist aber freundlich von Hazweio, dass er euch geschickt hat, um uns abzuholen. Aber warum habt ihr keine Blumen dabei? Eisblumen zum Beispiel«, sagte Tim und bemühte sich, dabei zu lächeln.

»Eine Wärmflasche wäre mir lieber. Ist doch ganz schön frisch hier bei euch«, ergänzte Bob. »Kann mal einer von euch Jungs die Heizung anknipsen?«

Die Männer verzogen keine Miene.

»Vielleicht haben die keinen Humor? Wenn ich für einen wie Hazweio arbeiten müsste, wäre mir auch nicht nach Lachen zumute«, erklärte Tim.

»Das haben wir gleich«, sagte Bob. »Was ist der Unterschied zwischen einem Klavier und einer Geige?«

»Keine Ahnung«, erwiderte Tim, weil keiner der Männer Anstalten machte, Bob zu antworten.

»Das Klavier brennt länger.«

»Den kannte ich noch gar nicht!«, sagte Tim prustend.

Die Männer lachten nicht.

»Vielleicht sind die stumm oder taub oder beides«, vermutete Bob.

»Oder Hazweio hat ihnen die Zunge rausgeschnitten. Oder ...«

»Es reicht, ihr beiden Witzbolde«, unterbrach einer der Männer Tims Mutmaßungen. Er überragte die anderen um ein gutes Stück, und auch der Pinguin auf seiner Uniform war größer als der auf den Jacken seiner Begleiter. »Mitkommen! Und ich will kein Wort mehr von euch hören! Sonst knallt's!«

Wie auf Kommando entsicherten seine Männer ihre Waffen. Das metallische Geräusch klang in der Stille, die über dem Eis lag, noch bedrohlicher und überzeugte selbst Bob und Tim, dass es klüger war, der Aufforderung schweigend zu folgen.

Tim kochte vor Wut, traute sich aber nicht, etwas zu sagen. Auch Bob schwieg lieber, weil er es nicht noch einmal riskieren wollte, den Zorn eines der Männer auf sich zu ziehen.

»Sagt doch auch mal was!«, fuhr Hoka Hay fort. »Ah, ich verstehe. Ihr dürft wahrscheinlich nichts sagen. Eine gute Gelegenheit für mich, hier mal einiges klarzustellen, ohne dass ihr zwei dazwischenquatscht. Das mit dem Verknalltsein in mich könnt ihr euch abschminken, alle beide. Dafür habe ich gar keine Zeit, und außerdem stehe ich nicht auf Typen wie euch. Ganz und gar nicht, das könnt ihr mir glauben. Ihr seid Luft für mich, weniger als Luft ... ihr seid ... ihr seid ...«

»... wie eine Ameise, die man, ohne es zu merken, unter seiner Sohle zertritt«, mischte sich Snyder über den Kopfhörer ein. »Genug geschäkert. Ihr drei hört mir jetzt genau zu. Bob und Tim, ihr lasst euch zu Hazweio führen und berichtet von dort drinnen, was ihr seht. Und du, Hoka, du tust alles, um die Jungs da wieder rauszuholen. Ohne sie zu zertreten! Hast du mich verstanden?«

»Hier gibt es gar keine Ameisen«, moserte Hoka Hay. »Viel zu kalt dafür.«

»Ob du mich verstanden hast?«

»Ja, ja, ja, hab ich. War ja laut genug«, grummelte das Ninja-Mädchen.

»Und für euch Jungs gilt: Macht bitte nicht mehr kaputt als unbedingt nötig, sonst ...«

Bob und Tim schauten sich kurz an, dann taten sie beide so, als müssten sie sich am Ohr kratzen, und ließen dabei ihre Kopfhörer unauffällig in ihren Taschen verschwinden.

Die ganze Halle ist aus Eis.
'tschuldigung.
Was ist? Musst du mal?
Ja, und zwar dringend mit Hazweio reden.
Das trifft sich gut. Er will nämlich auch mit euch reden.

Die Männer führten die Jungs durch endlose Flure, deren Wände, Decken und Böden alle aus Eis bestanden. Ab und zu ging an den Seiten eine Tür ab, und hin und wieder kamen ihnen Menschen in grauen Uniformen entgegen, die die zwei misstrauisch musterten.

»Schön haben Sie es hier. Ein bisschen kühl, aber schön«, versuchte Tim ein Gespräch. Doch keiner der Männer ging darauf ein, und auch Bobs Vorschlag »Ein bisschen Farbe wäre nicht schlecht, das würde die Flure hier freundlicher machen« fand keine weitere Beachtung, außer dass er erneut mit dem Lauf einer Uzi gestoßen wurde. Den Rest des Wegs liefen sie schweigend durch das Labyrinth der Eisgänge. Tim versuchte, sich die Strecke, die sie gegangen waren, einzuprägen. Aber das schien in dem Eislabyrinth nahezu unmöglich, und er bezweifelte, dass ihnen das Navi ihres S.W.A.P.-Books im Inneren des Eisbergs würde weiterhelfen können.

Ihr Weg endete in einer Halle, die noch größer war als die, in der Hazweios Jet parkte. Auch hier wuselten überall Männer in grauen Uniformen herum, ohne dass Bob oder Tim erkennen konnten, was sie taten. Alles in dem Raum war aus Eis – mit Ausnahme einer riesigen, stählernen Maschine, die in der Mitte des Raumes stand und wie eine gigantische Kanone aussah. Das Kanonenrohr, oder was auch immer es war, hatte eine Länge von mindestens fünfzig Metern, schätzte Tim. Es ragte steil nach oben, und wenn er sich nicht irrte, war die ganze Konstruktion auf einer Plattform montiert, die es erlaubte, die Maschine in alle Richtungen zu drehen. Am hinteren Ende des Rohrs war ein Sessel befestigt, von dem aus man die Riesenkanone steuern konnte. Direkt darüber befand sich ein kreisrundes Loch in der Decke, durch das die Jungs den wolkenlosen Himmel erkennen konnten.

»Schickt mir der S.W.A.P. tatsächlich zwei Kinder, um mich zu stoppen. Mögt ihr was Süßes?«, begrüßte Hazweio die Jungs mit einem schmierigen Lächeln auf dem Gesicht.

»Nein danke. Aber haben Sie vielleicht was zu trinken für mich?«, erwiderte Tim. »Ich habe schrecklichen Durst.«

»Ach, das lohnt sich doch gar nicht mehr«, antwortete der Professor und nickte traurig. »Für die paar Minuten, die euch noch bleiben ...« Dann wandte er sich an Bob. »Was ist mit dir? Kekse oder doch lieber einen Lutscher?«

Bob schüttelte nur den Kopf, während er durchrechnete, mit wie vielen von den Graumännern er es aufnehmen könnte. Sogar wenn er die Zahl optimistisch auf zwölf schätzte, blieb immer noch genug von Hazweios Privatarmee übrig. Selbst dann, wenn es ihm tatsächlich gelingen sollte, unbemerkt nach dem Atomisator zu greifen und damit wahllos in die Menge zu ballern.

»Ich hatte insgeheim gehofft, dass der S.W.A.P. seinen besten Mann schicken würde – Snyder!«, fuhr Hazweio fort und kraulte dabei seinen Pinguin zärtlich unterm Kinn.

»Den haben wir außer Gefecht gesetzt«, erklärte Tim. »Für uns als Top-Agenten war das ein Kinderspiel!«

»Ich hörte davon. Ein unglücklicher Unfall, nicht wahr?«

»Das war kein Unfall!«, mischte sich Bob ein. »Das hatten wir alles genau so geplant.«

Hazweio lachte nur, und auch sein Pinguin stieß ein keckerndes Kichern aus.

»Im Grunde ist es völlig egal, ob es nun ein Unfall war oder Absicht! Es ödet mich an, mir darüber den Kopf zu zerbrechen. Ihr werdet ja sowieso bald sterben!« Hazweio drehte Bob und Tim den Rücken zu und wandte sich an seine Männer. »Worauf wartet ihr noch? Macht schon und tötet sie!«

»Hey, Moment mal!«, fuhr Tim dazwischen und knetete dabei angestrengt sein Ohrläppchen. »Ehe der Böse die Guten umbringen lässt, erzählt er ihnen doch erst einmal seinen genialen Plan. Das ist in den Filmen auch immer so.«

Tim kramte aus einer Tasche das Foto heraus, das den Professor als kleinen Jungen mit seinem Vater zeigte. Er hatte es die ganze Zeit bei sich gehabt und gehofft, damit bei einer Begegnung mit Hazweio in dessen Herzen einen allerletzten Rest menschlichen Gefühls zu wecken.

»Natürlich erinnere ich mich!«, erwiderte Hazweio und spuckte auf den Boden aus. »Das bin ich mit meinem Vater, dem Bademeister unseres Städtchens!«

»Es geht ihm nicht gut. Man hat ihn zusammengeschlagen«, rief Bob dazwischen.

 »Wirklich?!« Hazweio lächelte zufrieden, und wenn er es nicht schon geahnt hätte, wäre Tim spätestens jetzt klar geworden, dass sein Plan nicht aufgehen würde: Im eisigen Herzen des Professors gab es kein Mitgefühl mehr, nur noch Hass. »Geschieht ihm recht. Als ich vier war, schmiss er mich ins Wasser, um mir so das Schwimmen beizubringen. Das Wasser war kalt. Unglaublich kalt. Ihr könnt euch gar nicht vorstellen, wie kalt es war. Seitdem hasse ich meinen Vater. Und Wasser. Vor allem Wasser. Alles Wasser. Mein Leben habe ich dafür gegeben, etwas zu erfinden, um Wasser verschwinden lassen zu können.« Hazweio klopfte zufrieden auf die Maschine hinter ihm. »Und dann kam der Tag, der mein Leben veränderte. Der Tag, an dem ich IHN traf.«

»Welchen IHN?«, fragte Tim.

»Niemand darf seinen wahren Namen erfahren!« Der Professor senkte verschwörerisch die Stimme. »Das ist ein Geheimnis!«

»Kommen Sie schon, Professorchen«, rief Bob. »Uns können Sie es doch sagen. Wir leben eh nicht mehr lange genug, um es irgendwem weitererzählen zu können.«

Hazweio kraulte den Pinguin auf seinem Arm. Das Tier schnappte gierig nach einem Hering, den der Professor gedankenverloren mit der freien Hand aus einem Eimer gefischt hatte.

»Ihr habt recht, warum soll ich es euch eigentlich nicht sagen. Sein Name ist Baron von Funeral.« Die letzten Worte hatte der Professor so leise geflüstert, dass weder Bob noch Tim ihn verstehen konnten.

»Könnten Sie das bitte noch mal wiederholen?«, fragte Tim höflich, dann wandte er sich an Bob. »Oder hast du ihn verstanden?«

»Kein Wort hab ich verstanden«, erwiderte Bob. »Geht das vielleicht auch etwas lauter?«

»Baron von Funeral«, wiederholte Hazweio eine winzige Spur deutlicher.

Bob und Tim sahen sich an und zuckten die Schultern.

»Weißt du, was ich glaube? Ich glaube, er hat Angst, den Namen laut auszusprechen«, bemerkte Tim.

»Glaub ich auch«, bestätigte Bob. »Der Professor hat einfach nur Schiss!«

Wie ein Echo hallte der Name zwischen den Eismauern. Erschrocken sah sich Professor Hazweio um, so als befürchtete er, dass der Baron jeden Moment erscheinen würde, um ihn für die Nennung seines Namens zu bestrafen. Erst als er sicher war, dass nichts geschah, beruhigte er sich wieder.

»ER ist mit Abstand der böseste Mensch, den ich kenne. Gegen IHN bin ich ein wahrer Heiliger! Es wird gesagt, dass ER einen Kellner, der IHM einen lauwarmen Kaffee brachte, mit eigenen Händen in der Tasse ertränkt hat.«

»Aber was hat dieser Baron von Funeral denn nun mit Ihnen zu tun?«, erkundigte sich Tim, um Zeit zu schinden.

»PSST!«, zischte Hazweio. »Nenn SEINEN Namen nicht.«

»Wieso sollen wir Baron von Funeral denn nicht beim Namen nennen?«, erkundigte sich Bob ein wenig lauter als nötig.

»Bist du wohl still! ER mag es nicht, und ER hat SEINE Ohren überall!«, zischte der Professor und sah sich erneut erschrocken um. »ER hat mir gezeigt, wie ich zum mächtigsten Mann der Welt werden kann, wenn erst einmal alles Wasser mir gehört. Zum mächtigsten Mann nach IHM natürlich. ER hat mir auch geholfen, diese wunderschöne Maschine zu entwickeln.« Mit seiner rechten Hand strich Hazweio liebevoll über das Kanonenrohr, dann beugte er sich hinunter und drückte einen Kuss auf das silbern glänzende Metall. Bob ließ seinen Zeigefinger an der Stirn rotieren, und Tim nickte bestätigend, weil auch er davon überzeugt war, dass Hazweio total gaga war. Total gaga, aber gefährlich. Seine Männer, die ihre Waffen immer noch auf die beiden Jungs gerichtet hielten, schienen das ähnlich zu sehen, das glaubte Tim in ihren Augen lesen zu können.

»Ihr müsst sie euch vorstellen wie eine weiterentwickelte Version des lächerlichen Atomisators, den der S.W.A.P. benutzt«, fuhr der Professor fort, als er sich wieder aufgerichtet hatte. »Über eine ganze Reihe von Spiegeln, die im Weltall an Satelliten hängen, kann ich den Strahl der Kanone überallhin lenken, wohin auch immer ich will. Eine kleine Demonstration gefällig?«

Hazweio wartete ihre Antwort gar nicht erst ab, sondern begann sogleich, ein paar Daten einzutippen. Als er damit fertig war, kletterte der Professor auf den Sessel am Ende des Kanonenrohrs und drückte auf einen großen roten Knopf, der in der Armlehne eingelassen war. Er und die Maschine machten eine Vierteldrehung, dann zischte ein gleißend heller Lichtstrahl durch das Loch in der Decke nach draußen.

Sekunden später prasselte Wasser auf die Decke des Eisgebirges, obwohl die Jungs über sich immer noch keine Wolke sehen konnten. »Das war der Victoriasee! Seine Wassermassen lassen mein kleines Privatgebirge noch ein kleines bisschen größer werden. Je weniger Wasser es auf der Welt gibt, desto sicherer wird mein Versteck. Genial, nicht?«

»Aber was wollen Sie überhaupt mit dem ganzen Wasser?«, fragte Bob und ließ dabei seine Fingerknochen knacken.

»Hör sofort auf damit! Das ist ja nicht zum Aushalten!«, brüllte Hazweio und hielt sich die Ohren zu. Auch der Pinguin stieß einen gequälten Schrei aus, tippelte aus seinem Versteck hervor und hüpfte zurück auf den Schoß des Professors.

»Womit denn?«, fragte Bob zurück und ließ ein weiteres Knochenknacken folgen. Er hörte erst damit auf, als ihm eine der Wachen, die das Geräusch ebenfalls nicht ertragen konnte, mit dem Lauf ihrer Waffe gegen die Schulter stieß.

»Sagen Sie schon: Wozu brauchen Sie das Wasser?«, wiederholte Tim die Frage seines Freundes.

»Wie bitte?«, brüllte Hazweio, der sich immer noch die Hände auf die Ohren presste.

»Das ganze Wasser? Was wollen Sie damit?«, fragte Bob erneut.

»Ach so, das Wasser meint ihr«, erwiderte der Professor, der seine Hände heruntergenommen hatte und wieder seinen Pinguin streichelte. »Eigentlich wollte ich es nur verschwinden lassen, aber ER hat mich auf die Idee gebracht, es zu verkaufen. Nicht gegen Geld, sondern gegen Macht! Wenn ich erst einmal alles Wasser dieser Welt hier in meinem kleinen Idyll gehortet habe, kann ich für einen Tropfen verlangen, was immer ich will. Manchmal kann eine Sache, die man von ganzem Herzen hasst, doch zu etwas nützlich sein.«

»Und was ist mit den vielen Erdbeben? Es geht doch alles kaputt, weil die Erdachse wegen Ihrer verrückten Pläne aus dem Gleichgewicht geraten ist!«, rief Bob aufgebracht.

»Das spürt man hier am Rand der Antarktis doch kaum«, erwiderte Hazweio unbeeindruckt. »Und ER ist der Meinung, dass das ruhig alles kaputtgehen soll, damit wir es nach unseren Vorstellungen wieder aufbauen können. Ihr habt IHN übrigens schon kennengelernt.«

»Wen?«

»Na, IHN! ER war auf meiner kleinen Abschiedsfeier in Venedig!«

»War das etwa dieser scheußliche Typ unter dem Vorhang?«, wollte Bob wissen.

»Das war Baron von Funeral?!«, sagte Tim.

»PSSST! Bist du wohl still!« Der Professor hielt drohend den Zeigefinger vor die Lippen und blickte besorgt über seine Schulter, um zu schauen, ob ER nicht vielleicht schon hinter ihm stand. Als er sah, dass das nicht der Fall war, fuhr Hazweio beruhigt fort: »ER ist einfach brillant und so klug und so schön ... Na ja, schön eigentlich nicht, aber dafür böse, abgrundtief böse! ER hat mir alles beigebracht, was man über das Bösesein wissen muss.« Hazweio stieß wieder sein teuflisches Lachen aus. Es war ein grausames, irres Lachen, das durch Mark und Bein ging und sogar die Männer des Professors zusammenzucken ließ. »Ohne IHN wäre ich nicht einmal halb so böse, wie ich jetzt bin.«

»Ich hatte mir diesen Baron von Funeral anders vorgestellt. Irgendwie schrecklicher. Ich hätte nicht gedacht, dass ER sich hinter einem schwebenden Duschvorhang versteckt. Und überhaupt: von Funeral? Was ist denn das für ein Name? So heißt doch niemand!«, plapperte Tim, um Hazweio aus der Reserve zu locken und Bob etwas Zeit zu verschaffen. Der war schon länger damit beschäftigt, in den vielen Taschen seines Overalls nach dem Atomisator zu suchen.

Für euch ist das Spiel hier sowieso aus. Hoka Hay!
Was hat denn Hoka Hay damit zu tun?
Kennen Sie die etwa auch? Wenn Sie ihr auch nur ein Haar krümmen …
Welche Hoka? Wovon redest du?
Sie haben doch gerade Hoka Hay gerufen.
Das ist nur eine Redensart. Häuptling Sitting Bull soll das gesagt haben. Übersetzt heißt ›Hoka Hay‹ so viel wie: Heute ist ein guter Tag zum Sterben. Passt doch für euch, oder?
Nicht so richtig.
ZiiiP

KAPITEL FÜNFUNDZWANZIG
EIN SCHIFF WIRD KOMMEN

»Wir hätten uns von dem einen Typen noch die Chipkarte holen sollen, ehe du ihn auf Weltreise schickst. Wie sollen wir denn sonst durch das Tor wieder hier rauskommen? Falls wir überhaupt jemals wieder hier rauskommen!«, rief Tim.

»Kann ich Gedanken lesen? Warum sagst du das nicht früher?! Außerdem könntest du ruhig mal Danke sagen. Das ist echt das letzte Mal, dass ich dich irgendwo raushaue!«, entgegnete Bob.

»Noch hast du uns nicht rausgehauen«, erwiderte Tim und deutete durch die durchsichtige Eisbank, hinter der sie in Deckung gegangen waren, auf den eindrucksvollen Rest von Hazweios grauer Privatarmee, der sich hinter Eistischen und Eisstühlen verschanzt hatte und nur auf den Befehl seines Chefs wartete, um sich auf die beiden Jungs zu stürzen. Hazweio selbst war ebenfalls von seinem Drehsessel gesprungen und hatte sich mit seinem Schmusepinguin hinter der Maschine in Sicherheit gebracht.

»Tötet sie! Tötet sie!«, schrie er von dort mit schriller Stimme. »Wofür bezahl ich euch?! Tötet sie! Macht schon! Tötet sie!«

Im nächsten Moment knallten auch schon die Kugeln *TAK-TAK-TAK* gegen die Wand hinter den Jungs, sodass ihnen von oben weiße Eissplitter auf die Haare rieselten.

Bob hielt den Atomisator mit der rechten Hand über den Rand der Bank und feuerte ziellos durch die Halle, um ihre Gegner auf Abstand zu halten. Als Antwort schossen die grauen Männer zurück. Ihre Kugeln schlugen in der Wand hinter den Jungs und in das Eis vor ihnen ein. Zum Glück war es so hart, dass die Projektile nur ein paar Zentimeter in die Eisbank eindrangen und dort stecken blieben. Aber auch der Atomisator richtete unter Hazweios Männern keine großen Verluste an, weil Bob nur wahllos feuern konnte. Um richtig zu zielen, hätte er aus der Deckung gehen müssen. Keine gute Idee! Dort, wo der Strahl seiner Waffe auf das Eis traf, löste es sich einfach auf und verschwand.

Doch die Eiswände waren viel zu dick, als dass sie dadurch nennenswerten Schaden nehmen konnten. Ganz im Gegensatz zu der Bank vor ihnen, bei der das Eis durch den Beschuss bereits besorgniserregende Risse zeigte.

»Guck mal, ist gleich schon wieder rot!« Tim deutete auf die Akkuanzeige an der Seite ihres Atomisators. »*Voll aufgeladen*, hat sie gesagt.«

»Jetzt lass Hoka doch mal in Ruhe!«

»Oha, jetzt nennst du sie auch schon Hoka ...«

»Wie soll ich sie denn sonst nennen? Fräulein Hay?«

»Wo steckt sie überhaupt? Sie wollte uns doch retten!«

»Das werden wir gleich wissen.« Bob kramte die Kopfhörer aus seiner Tasche hervor und stopfte sie sich in die Ohren.

Die Männer in den grauen Uniformen hatten noch gar nicht gemerkt, dass die Jungs nicht mehr zurückfeuerten, um den Akku ihres Atomisators zu schonen. Die nächste Salve schlug in der Wand hinter ihnen ein und sorgte dafür, dass erneut Eissplitter auf Bob und Tim herunterregneten. Das war unangenehm, genauso wie die schrillen »Tötet sie! Tötet sie!«-Schreie des Professors. Unangenehm, aber nicht lebensbedrohlich. Lebensbedrohlich waren die Risse in dem Eisblock vor ihnen, die immer breiter wurden. Es war nur eine Frage der Zeit, bis ihre Deckung sich in eine Milliarde Eiskristalle auflösen würde.

»Vielleicht kriegen wir auch einfach keine Verbindung, weil das Eis der Mauern hier zu dick ist«, sagte Bob.

»Im Gegensatz zu dem Eis unserer Deckung hier vor uns. Lange geht das nicht mehr gut.«

»Hoffentlich ist ihr nichts passiert! Ich meine Hoka.«

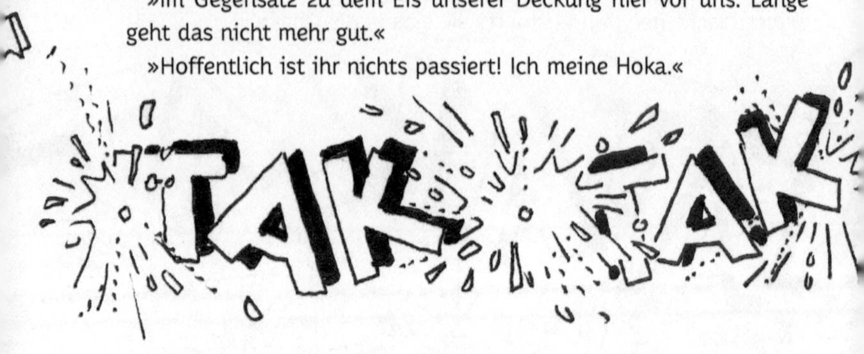

»Ich weiß, wen du meinst! Aber das ist im Augenblick nicht gerade meine größte Sorge. Meine größte Sorge ist, dass uns nichts passiert. Meinst du, du kannst mir Feuerschutz geben?«

»Wofür?«

»Damit ich mal kurz aufs Klo kann. Ich muss mal.«

»Jetzt?«

»Das war ein Scherz. So ausgetrocknet, wie ich bin, könnte ich höchstens Staub pinkeln. Ich will zu der Riesenkanone da vorne. Damit könnte ich hier alles plattmachen!«

»Nein!«

»Wie ›nein‹?«, fragte Tim überrascht.

»Du kannst so eine Maschine doch gar nicht bedienen«, erklärte Bob.

»Was soll das heißen?!«

»Dass ich mitkomme! Bei ›drei‹ geht's los! Eins ...«

»Hey, ich zähle an!«

»Wieso du?«

»Weil ich *Big Brain* bin und du *Die Faust*! Mit einer geschlossenen Faust kann man nicht mit den Fingern zählen.«

»Du traust mir also nicht zu, dass ich bis drei zähle.«

»Das ist jetzt nicht der richtige Zeitpunkt, um das zu klären«, bemerkte Tim.

»Weißt du, dass du einem mit deiner Arroganz ziemlich auf die Eier gehen kannst?«

»Okay, dann beweis es!«, erwiderte Tim und zog den Kopf ein, weil von oben erneut eine Eisdusche auf sie herunterprasselte.

»Was beweisen?«

»Dass du bis drei zählen kannst, aber beschwer dich nachher nicht, wenn was schiefläuft!«

»Witzbold! Eins, zwei und ...« Bob machte eine Pause und grinste Tim an. »Wie hieß noch mal die Zahl nach der Zwei?«

»Selber Witzbold!«

»Eins, zwei ...«

»Warte mal!«, unterbrach Tim.

»Was ist denn jetzt schon wieder?«

»Ich wollte dir nur sagen – nur für den wahrscheinlichen Fall, dass wir es nicht schaffen –, dass ich froh bin, dein Freund gewesen zu sein, und dass ich nichts bereue«, sagte Tim.

»Meinst du, ich?! Die letzten Tage waren besser als alles, was ich bisher erlebt habe.«

»Und dass ich nicht eifersüchtig bin wegen Hoka und dir. Ich meine, wenn uns gleich eine Kugel erwischt, erspart dir das wenigstens die Enttäuschung, dass sie sich früher oder später für mich entschieden hätte«, fuhr Tim fort.

»Es freut mich, dass du selbst in der Stunde deines möglichen Todes noch Träume hast.«

»Ich wollte das nur gesagt haben! Und jetzt zähl endlich, sonst sind wir tot, bevor wir losgelaufen sind!«

»Hätte ich längst getan, wenn du mich nicht die ganze Zeit unterbrechen würdest. Darf ich jetzt?«

»Ich bitte sogar sehr darum!«

»Eins, zwei und ... drei!«

Als Bob endlich »drei« gesagt hatte, sprang er auf und ballerte mit dem Atomisator so lange in die Gegend, bis die Akkuanzeige endgültig auf Dunkelrot sprang. Die Männer von Hazweios Privatarmee zogen die Köpfe ein und gingen in Deckung. Die beiden Jungs nutzten die Feuerpause und rannten geduckt auf die Kanone zu. Als sich die Soldaten wieder hervorwagten, saß Tim längst auf dem Sessel und Bob drückte ein paar Tasten an der Maschine.

Statt Hazweio zu antworten, richtete Bob den Atomisator auf ihn. Dabei verdeckte er mit seiner Hand die Akkuanzeige, damit der Professor nicht erkennen konnte, dass seine Waffe längst keine Energie mehr besaß. Jetzt, wo er Hazweio so nah war, bemerkte Bob, dass der Professor unangenehm roch. Ein bisschen wie das verschlammte Venedig. Aber bei Hazweios Abneigung gegenüber Wasser war das auch nicht überraschend.

»Ihr habt keine Ahnung, wie man die Satelliten ansteuert!«, fauchte der Professor.

»Die brauchen wir gar nicht. Unser Ziel liegt direkt vor unserer Nase«, erwiderte Tim, während Bob noch ein paar Daten eingab und die graue Armee, die sich wieder aus ihrer Deckung gewagt hatte, ihnen tatenlos dabei zuschaute. Zu groß war ihre Angst, mit ihren Kugeln die wertvolle Maschine oder ihren Arbeitgeber zu treffen. Als Bob mit der Programmierung fertig war, senkte sich das Kanonenrohr langsam nach unten. Statt auf das Loch in der Decke zielte es nun auf die Wände der Eisfestung.

»Und Feuer!«, brüllte Bob.

»Wie denn?«, rief Tim zurück.

»Der rote Knopf direkt vor dir!«

»Stimmt, jetzt wo du's sagst, sehe ich ihn auch.«

Der Strahl traf die Wand direkt gegenüber der Kanone und riss ein gigantisches Stück Eis aus dem Berg. Die Männer, die das Pech gehabt hatten, im Weg zu stehen, waren ebenfalls verschwunden. Die Kanone funktionierte tatsächlich wie ein Atomisator, sie war nur eben viel, viel, viel größer. Genau wie der Professor gesagt hatte. Aus lauter Panik ließen Hazweios restliche Männer die Waffen fallen und versuchten, durch die Tür aus der Halle zu fliehen.

»Hiergeblieben! Bleibt ihr wohl hier! Das ziehe ich euch von eurem Lohn ab.« Hazweio hörte erst auf zu brüllen, als Bob ihm den Atomisator direkt unter die Nase hielt.

Währenddessen schwenkte Tim die Kanone hin und her und rauf und runter. Dabei hielt er seinen Zeigefinger auf den roten Knopf gepresst, sodass die Maschine im Dauerbetrieb feuerte.

Unwillig überließ Tim den Sessel seinem Freund und übernahm die Bewachung von Hazweio, der jammernd mit seinem Pinguin neben der Kanone stand und über die Ungerechtigkeit der Welt klagte.

Bob bearbeitete mit dem Strahl die Wände des Eisgebirges und trug so Schicht um Schicht des Eispanzers ab, der immer dünner und durchsichtiger wurde. Die Jungs konnten dabei zusehen, wie das aufgetürmte Eis langsam, aber sicher verschwand.

»Ich krieg gleich einen Krampf im Finger«, brüllte Bob, weil auch er ununterbrochen den roten Feuerknopf drückte.

»Soll ich dich ablösen?«, erkundigte sich Tim.

»Kommt gar nicht infrage! Jetzt bin ich dran, du hattest schon deinen Spaß!«

Als von Hazweios gigantischer Eisfestung nur noch ein paar Grundmauern und der Jet übrig waren, mit dem der Professor aus Venedig geflohen war, fing die Maschine plötzlich an zu qualmen. Das gleichmäßige Zischen des Strahls ging in ein knisterndes Rauschen über, und auch das Kanonenrohr bewegte sich mit einem Mal nicht mehr fließend wie bisher, sondern ruckelte und stotterte so sehr, dass Bob auf seinem Kommandosessel kräftig durchgeschüttelt wurde.

»Was ist los?«, rief Tim.

»Das Ding ist total überhitzt! Das fliegt uns gleich um die Ohren!«, brüllte Bob zurück, während das Kanonenrohr nun unkontrollierbar hin und her schwenkte und dabei weiterfeuerte.

»Meine schöne Maschine!«, jammerte Hazweio, der sich die Augen zuhielt, weil er den Anblick nicht ertragen konnte. »Ihr habt sie kaputt gemacht!«

»Nichts wie weg hier!«, brüllte Bob und sprang von dem Sitz zu Tim und Hazweio herunter. Er schnappte sich den jammernden Professor am Kragen und rannte mit Tim tief gebückt Richtung Flieger, während die Strahlen über ihren Köpfen hinwegschossen. Als sie etwa fünfzig Meter von der Riesenkanone entfernt waren, erschütterte eine gewaltige Explosion die Luft.

Die Jungs schmissen sich auf den Boden und rissen auch Hazweio zu sich hinunter. Im nächsten Moment flogen ihnen die Trümmer der Maschine um die Ohren. Ein Teil des zerfetzten Kanonenrohrs landete nur eine Handbreit von Tims Kopf entfernt im Eis, das wegen des glühenden Metalls sofort zu tauen begann. Als er das Schmelzwasser sah, erinnerte sich Tim daran, dass er immer noch nichts getrunken hatte. Er steckte seinen Zeigefinger in die Pfütze, aber als er das Wasser probierte, schmeckte es rostig und salzig.

»Um die müssen wir uns keine Sorgen mehr machen.« Bob stand auf und deutete auf die qualmenden Reste der Maschine.

»Stimmt, das Thema hat sich wohl erledigt«, bestätigte Tim und zog auch Hazweio wieder auf die Füße. Doch statt ihm dafür dankbar zu sein, stieß der Professor unverständliche Klagelaute und Verwünschungen aus.

»Ich habe immer noch Durst«, sagte Tim, als sie weiter durch die Halle liefen. »Meinst du, hier gibt es irgendwo was zu trinken?«

»Wenn wir mit Hazweio nach Hause kommen, wird Snyder bestimmt einen ganzen Kasten Wasser springen lassen. Ach, was sag ich, zwei Kästen mindestens«, antwortete sein Freund. »Falls der S.W.A.P. sich das leisten kann.«

»Ich gebe dir sogar drei Kästen, wenn ihr mich laufen lasst«, mischte sich Hazweio ein, der eine Chance witterte, doch noch zu entkommen.

»Träum weiter!«, erwiderten Bob und Tim gleichzeitig.

Bob schob den Professor mit dem Atomisator vor sich her, während sie die Trümmer der Riesenkanone hinter sich zurückließen und über die Reste des Eisgebirges auf den Flieger zuliefen. Der Pinguin nutzte die Gelegenheit und watschelte in die entgegengesetzte Richtung davon, wo ein paar seiner Artgenossen, die das Spektakel neugierig beobachtet hatten, schon auf ihn warteten.

»Meinst du, du kannst das Teil da fliegen?« Tim deutete auf den Privatjet des Professors.

»Schauen wir mal«, erwiderte Bob. »Vielleicht liegt im Handschuhfach eine Gebrauchsanweisung. Sonst rufen wir die Zentrale an, damit die uns jemanden schicken, der uns hier abholt. Ich glaube, das haben wir uns verdient.«

»Falls die Chefin den S.W.A.P.-Flieger nicht wieder selber braucht«, bemerkte Tim.

Hazweio grummelte weiterhin übelste Flüche und Verwünschungen gegen die beiden Jungs. Mehr traute er sich nicht, weil er im Gegensatz zu Bob und Tim nicht wusste, dass der Akku ihres Atomisators so leer war wie die Kanäle Venedigs.

Die drei hatten den Learjet schon fast erreicht, als sich plötzlich von hinten ein Ninja-Mädchen auf Tim stürzte. Sie hatte sich im Eis vergraben und war genau in dem Augenblick aufgesprungen, als die Jungs an ihr vorbeigelaufen kamen.

Mit einer Fußangel holte sie Tim von den Beinen, kniete sich über ihn und holte zu einem finalen Karateschlag aus. Bob zögerte einen winzigen Moment, dann murmelte er »Verzeih mir, Hoka« und knallte dem Mädchen den Lauf seines Atomisators auf den Hinterkopf. Ihr Arm erschlaffte mitten in der Bewegung, kurz bevor ihr Handkantenschlag Tims Kehlkopf treffen konnte. Bewusstlos sank sie zu Boden, wo sie auf dem Bauch liegen blieb. Hazweio nutzte die Ablenkung und flüchtete in Richtung Flieger. Aber das war Bob egal. Er beugte sich zu Tim hinunter.

»Alles okay mit dir? Sag doch was! Komm schon! Rede mit mir!«

»Sag bloß, du machst dir tatsächlich Sorgen um mich«, antwortete Tim etwas benommen.

»Ich doch nicht! Wie kommst du denn darauf?«, erwiderte Bob.

Tim richtete sich mühsam auf und blickte Hazweio hinterher, der gerade die Tür zu seinem Jet aufriss und mit einem Sprung im Inneren verschwand.

»Der ist weg«, erklärte Tim.

»Warum hat sie das getan?«, fragte Bob und zeigte auf das Mädchen, das immer noch bewusstlos auf dem Eis lag.

»Keine Ahnung! Aber sie hat ja auch schon auf Snyder geschossen.« Bob und Tim gingen zu ihr hinüber und drehten sie vorsichtig auf den Rücken.

»Aber was macht der hier?« Tim war genauso durcheinander wie sein Freund.

»Der war hinter Hazweio her. So wie alle. Wegen dieser Wunderkanone und natürlich wegen der Belohnung! Wahrscheinlich war er es auch, der in derselben Verkleidung in Venedig auf Thomas geschossen hat«, erklärte Hoka Hay.

»Aber warum?«, fragte Bob.

»Und was denn für eine Belohnung?«, erkundigte sich Tim.

»Um ein bisschen Verwirrung zu stiften, uralte Agententaktik. Und hat Snyder euch von der Belohnung gar nichts erzählt? Die UNO hat zwanzig Millionen für denjenigen ausgelobt, der Hazweio zur Strecke bringt.«

Bob stieß Tim in die Seite.

»Hey, dann sind wir beide jetzt reich! Das heißt, du warst es ja vorher schon.«

»Irrtum! Ganz großer Irrtum!«, unterbrach ihn Hoka Hay. »Die Belohnung kassiere nämlich ich! Schließlich habe ich ihn geschnappt!«

»Du???«, riefen Bob und Tim gleichzeitig.

»Ich habe dort drüben in dem Flieger auf euch gewartet, da ist er mir quasi in die Hände gelaufen. Ich habe ihn in der Kabine eingeschlossen. Aber ich will nicht undankbar sein.« Hoka Hay griff in eine Tasche ihres Anzugs und holte eine Flasche Wasser heraus. »Hier, die ist für euch! Und den hier nehme ich auch besser mit, ehe er aufwacht und euch noch mehr Ärger macht.« Das Ninja-Mädchen warf Tim die Flasche zu und schnappte sich einen Fuß des nordkoreanischen Agenten. Sie wollte sich gerade umdrehen und zurück zum Flieger gehen, als Tim nach Bobs Atomisator griff.

»Bleib stehen! Du kannst uns nicht einfach so sitzen lassen«, rief Tim.

»Klar kann ich. Dein Akku ist alle. Du hast vergessen, die rote Lampe abzudecken. Meiner dagegen ist immer noch randvoll aufgeladen!« Hoka Hay zog einen eigenen Atomisator hervor, den sie in einem Holster unter ihrer Achsel getragen hatte. »Seht ihr! Grüner wird's nicht!« Sie zeigte auf die Diode an der Seite der Waffe. »Macht's gut! Und keine Sorge, ich schicke euch jemanden, der euch hier abholt.«

»Du wolltest uns helfen!«, brüllte Bob ihr hinterher.

»Ich hatte euch die ganze Zeit auf dem Schirm!« Hoka Hay tippte an ihre Brille. »Ihr brauchtet meine Hilfe nicht! Für Anfänger habt ihr euch gar nicht schlecht geschlagen! Nur dass diese Riesenwumme kaputtgegangen ist, wird Snyder gar nicht gefallen. Aber was soll's, nobody is perfect. Außer mir natürlich.«

Das Mädchen drehte sich endgültig um und zog den nordkoreanischen Agenten hinter sich her über das Eis, bis sie am Flieger angelangt war. Dann verstaute sie ihn in der Kabine, aus der Bob und Tim Hazweio wütend brüllen hörten. Kurz darauf startete sie das Flugzeug und hob ab.

Hoka Hay drehte noch eine letzte Schleife über den Jungs, dann war sie zwischen den dunklen Wolken, die sich über ihnen gebildet hatten, auch schon verschwunden.

KAPITEL SECHSUNDZWANZIG
NACH HAUSE

»Das hat Hoka bestimmt nicht absichtlich gemacht!« Es war Snyders Stimme, die sich über den Kopfhörer meldete. »Sie hat mir schon alles erzählt. Auch, wie ihr beiden ihr geholfen habt, Hazweio zu fassen. Absolut gute Arbeit!«

»Geholfen?!« Bob und Tim sahen sich fassungslos an.

»Die Kleine ist klasse, oder? Legt Hazweio das Handwerk und erledigt ganz nebenbei auch noch den nordkoreanischen Geheimdienst. Ärgerlich ist nur, dass ihr dem Mädel dazwischengefunkt und Hazweios Maschine kaputt gemacht habt. Müsst ihr eigentlich immer alles kaputt machen?«

Die beiden Jungs waren viel zu empört, als dass sie Snyder hätten antworten können. Der Top-Agent schien auch gar nicht mit einer Antwort zu rechnen, sondern fuhr direkt fort: »Schwamm drüber, kommt eh alles auf die Rechnung. Dank Hoka Hay kann die Welt erst mal wieder durchatmen. Die Belohnung hat sich die Kleine wirklich verdient, und großzügig, wie sie ist, hat sie unsere Telefonrechnungen bezahlt. Deswegen kann ich mich endlich wieder bei euch melden. Super, oder?«

»Super«, murmelte Tim.

»Ganz super«, ergänzte Bob.

»Aber das ist ja noch nicht das Beste. Das Beste ist, dass das ganze Eis, das Hoka Hay mit diesem Riesen-Atomisator pulverisiert hat, seit ein paar Stunden überall auf die Erde herunterregnet. Ihr könnt euch gar nicht vorstellen, was sich da weltweit für Freudenszenen abspielen! Wartet, ich spiele euch ein paar Bilder auf euer S.W.A.P.-Book.«

»Was ist mit Hazweios Männern?«, wollte Bob wissen.

»Die regnen mit. Wir sammeln sie auf und sperren sie eine Zeit lang weg. Ganz arme Schlucker waren das, die haben das nur fürs Geld gemacht.«

»Und was wird jetzt mit uns?«, erkundigte sich Tim.

»Wir holen euch da raus, keine Sorge.«

»Schicken Sie den Flieger?«, fragte Bob.

»Nein, den braucht Angela.«

»Wofür?«, wollte Tim wissen.

»Ihr wisst doch, sie hat ihre Shoppingtour euretwegen schon einmal verschoben. Heute, spätestens morgen kommt ein russischer Eisbrecher vorbei, der Kängurufleisch aus Australien über die Südwestroute schmuggelt. Der nimmt euch mit. Jetzt, wo die Meere langsam wieder volllaufen, geht das ja auch wieder. Ihr müsst nur ein paar Kilometer zur Küste spazieren. Verspätet euch nicht, das Schiff wartet nicht ewig. Angela und ich holen euch dann am Hafen ab. Ende und raus!«

»Und was machen wir jetzt?«, fragte Bob, als Snyder die Leitung unterbrochen hatte.

»Wir gehen zur Küste, was sonst!«, erwiderte Tim.

Unterwegs schauten sich die beiden Jungs die Videos an, die Snyder auf ihr S.W.A.P.-Book geladen hatte.

Die Szenen waren im Grunde immer dieselben: Menschen aus allen Teilen der Erde tanzten vor Glück im Regen, der sich in Strömen über sie ergoss. Auf einigen Bildern sah man einige von Hazweios Privatsoldaten, die auf dem Boden landeten und benommen liegen blieben, bis sie von einem Polizisten aufgehoben und fortgeführt wurden. Ernsthaft verletzt schien keiner zu sein, von ein paar Knochenbrüchen einmal abgesehen.

Als Bob und Tim nach ihrem Marsch durch die Eiswüste endlich die Küste erreichten, lichtete der Eisbrecher gerade den Anker. Die Tage, die sie an Bord verbrachten, verschliefen sie komplett und verließen ihre Kabine erst wieder, als der Kapitän verkündete, sie hätten ihr Ziel erreicht. Es war der Hafen von Marseille.

Ihr beide seht gan
zauberhaft aus.
Wir sind so stolz au
euch.
Wie ihr Hoka geholfen habt, diesem Hazweio das Handwerk zu legen. Einfach zauberhaft!
Hat sie das so gesagt?
Ihr hättet nicht groß im Weg rumgestanden. Sie gibt euch sogar was von der Belohnung ab. Nett, nicht?
Ihr kriegt von ihr 50 Euro.
Wie bitte?!
Natürlich für jeden von euch.

»Schuldenstand von S.W.A.P. 0098 und S.W.A.P. 0099 gegenüber dem S.W.A.P.?«, sprach Angela Steel in ihr S.W.A.P.-Book.

»Neunhundeltdleiundachtzig Millialden Eulo«, antwortete das Gerät mit seinem unverkennbar chinesischen Akzent.

»So viel?«, entfuhr es Bob und Tim gleichzeitig.

»Das ist ein Fehler«, bemerkte Snyder. »Das sind die geschätzten Kosten für den Wiederaufbau Venedigs. Damit hat man übrigens schon angefangen. Irgendwann wäre das eh fällig gewesen. Noch ein paar Jahre und die Stadt wäre ganz allein in der Lagune versunken. Jetzt wird sie noch schöner wieder aufgebaut. Und vor allem absolut stabil.«

»Stimmt, das mit den neunhundert Milliarden war ein Fehler«, bestätigte die Chefin. »Eure Schulden stehen hier. Die belaufen sich grob geschätzt auf zauberhafte 755.687 Euro und 58 Cent.«

»Und das bedeutet: Ihr werdet wohl noch ein bisschen was für uns arbeiten müssen, ehe ihr das alles ganz und gar abbezahlt habt«, ergänzte Snyder gut gelaunt.

»Das können Sie komplett vergessen!«, erwiderte Tim.

»Nicht mit uns!«, bestätigte Bob.

»Abwarten. Wir haben ein Shuttle für euch reserviert, das bringt euch nach Hause. Da ruht ihr euch ein bisschen aus, und wenn ihr erst mal drei Wochen in der Schule wart, seht ihr die Sache schon wieder ganz anders«, erklärte Snyder. »Dann freut ihr euch richtig, von uns zu hören.«

»Apropos Schule! Das hier ist für euch!«, sagte die Chefin und reichte den beiden Jungs einen Briefumschlag.

»Was ist denn da drin?«, fragte Tim misstrauisch.

»Das sind eure nächsten Klassenarbeiten mitsamt den richtigen Antworten«, erklärte Angela Steel. »Eure finnischen Doppelgänger hatten noch ein bisschen Schwierigkeiten mit der deutschen Sprache. Euren Eltern ist nichts aufgefallen, aber eure Noten sind etwas in den Keller gerutscht. Damit bringt ihr sie wieder in Form.«

»Danke«, murmelte Bob und nahm den Umschlag.

»Sehr großzügig«, bemerkte Tim und grinste.

»Da sind wir ja schon!« Die Chefin zeigte auf einen Gullydeckel, der etwas abseits lag und von ein paar Containern vor neugierigen Blicken geschützt wurde.

Bob hob den Deckel hoch und blickte hinunter in den Schacht, auf dessen Grund ein Shuttle schon für sie bereitstand.

»Sagen Sie mir nur einen guten Grund, warum wir noch einmal für den S.W.A.P. arbeiten sollten«, verlangte Tim, bevor er die Leiter hinunterstieg.

»Ich habe sogar drei zauberhafte Gründe für euch: erstens eure Schulden, zweitens seht ihr so Hoka Hay wieder, und drittens: Auch wenn Hazweio besiegt ist, gibt es noch genug bösartige Schurken, die die Welt beherrschen oder vernichten wollen.«

»So wie dieser Baron von Funeral«, sagte Tim.

»Zum Beispiel«, bestätigte Snyder. »ER ist der absolut übelste von allen! Aber niemand hat jemals sein Gesicht gesehen!«

»Doch, ich!«, entgegnete Bob, der sich nur widerwillig an die Fratze erinnerte, in die er unter dem Vorhang im Palazzo Zenobio geblickt hatte.

»Dann wäre das sogar noch ein vierter Punkt, warum ihr weitermachen müsst.«

Bob und Tim blickten sich an, dann nickten sie stumm und stiegen hintereinander in den Schacht. Die Jungs hatten ihre Plätze schon eingenommen, als Snyder ihnen hinterherrief: »Und es versteht sich natürlich von selbst, dass ihr niemandem etwas verraten dürft! Absolut niemandem!! Die Arbeit des S.W.A.P. ist streng geheim!!!«

»Was ich immer schon fragen wollte: Was heißt eigentlich ›S.W.A.P.‹?«, rief Tim zurück.

»SPECIAL WEAPON ACTION PROGRAM«, antwortete die Chefin. »Ich dachte, ihr als Top-Agenten wüsstet das.«

»Und ich dachte, es heißt SEHR WENIG ABSOLUTE PROFIS«, murmelte Bob, als er die Glaskuppel des Shuttles über ihnen schloss.

»Und ich habe geglaubt, es bedeutet SCHULDEN WEGEN ACTION PANNEN«, kicherte Tim.

»Nein, das heißt: SNYDER WEISS ALLES PESSER!«

»Oder: SCHNELL WEG, ANGELA POMMT.«

Die beiden Jungs lachten, bis Bob plötzlich mit einem Mal ganz ernst wurde.

»Was machen wir, wenn sie tatsächlich noch mal kommen und uns um Hilfe bitten?«

Tim überlegte eine Weile und rieb sich dabei sein Ohrläppchen.

»Wir helfen ihnen natürlich!«

»Und warum sollten wir das tun?«

»Na, erstens: No risk, no fun. Zweitens sind Agentenschulden Ehrenschulden, und drittens: Einer muss die Welt ja retten! Schließlich treibt sich dieser fiese Baron von Funeral immer noch irgendwo da draußen herum.«

»Und viertens sehen wir dann Hoka Hay wieder«, sagte Bob und lächelte verlegen.

»Aber nur, weil wir noch eine Rechnung mit ihr offen haben.«

»Natürlich! Was denkst du denn?!«

»Mach dir mal keine Hoffnungen. Die Kleine ist total in mich verknallt! Hast du nicht gesehen, wie sie mich angeschaut hat, als sie in den Flieger gestiegen ist?«

»Sag mal, in dem Traumland, in dem du lebst, gibt es da auch so ein rosa Karussell mit bunten Holzpferden?«

»Hey, das ist mein Spruch!«

»Bingo, Flamingo!«, erwiderte Bob und ließ seine Fingerknochen knacken. Dann gab er Gas.

Als das Shuttle in die Röhre schoss, schob Angela Steel mit ihren Stöckelschuhen den Deckel wieder auf den Schacht, damit sich nicht jemand versehentlich das Bein in dem Loch brach. Eine Schadensersatzklage hätte den S.W.A.P. ruiniert.

Was plant Funeral eigentlich als Nächstes?
Irgendwas mit Feuer.
Sollen wir die Jungs zurückholen?
Wir gönnen ihnen ein paar Tage Pause.
Drei?
Zwei!
Und wenn inzwischen was passiert?
Dann bin ich ja auch noch da.
Ich oder S.W.A.P. 0815.
Wo steckt Otto eigentlich?
Wahrscheinlich bei seinen Koi-Karpfen.